囧叔 / 著

我讲个故事，你可别当真啊

湖南文艺出版社
HUNAN LITERATURE AND ART PUBLISHING HOUSE

博集天卷
CS-BOOKY

我讲个故事
你可别当真啊

JUST
A
STORY

目 录

目 录

这本书的第一篇《狗王周骐圣》发表之后，很多人找我问，你说的这是真事儿吗？我一开始说是。后来我发现不成。因为来问的大多是姑娘，当我回答"是"之后，她们准会接着问，这个狗王在哪儿啊？真想见见他！纠缠不休。后来我干脆回答"不是"了。没想到还是不行，这回姑娘们不追问了，而是转而生起气来："原来我只是爱上了一个幻想中的男人，还是一个男人幻想中的男人！"然后将我拉黑。反正怎么着都不行。

这种询问接连不断，我想了很久，最后在我儿子身上找到了解决方法。我儿子哭闹时，只要转移他的注意力，当即止啼——比如说，递给他一个玩具，或把他高高举起，还有很多写出来就会有读者报警的方法，就不赘述了。总之，我明白了一件事，要想停止姑娘们寻找狗王，就得制造出另一个王。于是我制造了鸟王白泰昆。

你知道，用一个故事去终结关于另一个故事的追问和探寻，这是扬汤止沸，跟白泰昆对自己做出的蠢事差不多。我的朋友都说，这很合乎逻辑，一个蠢作者，怎么会塑造出不蠢的角色？现在我对这个问题有了个好解释，一会儿再说。总之，那以后我就陷入了讲故事的循环。有的故事讲得不好，人家听完了并不想认识故事里的人，这样的故事我没有收录。你肯定听过"这样的锅我们不卖"那个笑话。没听过可以私下找我，我给你讲。

一来二去，除了发表过的几个故事之外，我又有了好多个故事。由于这件事肇始于狗王，生发于鸟王，所以后来讲故事时如果不讲个什么王，就对不起听众。我看再不赶快把这本书写完，我很快就要讲到亚瑟王、征服王和英雄王了。好在我现在讲的都是普通人，并不是什么王室贵族。其实这些王都生活在我周围，平常得不能再平常，别说贵族，连有钱人都没几个。但是既然被称作某某之王，想必在某个方面是值得称道的吧。你仔细想想，身边的每个人说不定都能成为某某之王呢。比如我就可以当平庸之王。

关于朋友们问的蠢作者如何创造不蠢的角色，我是这么想的。只要足够不要脸，这件事谁都能干。就好比你写一个军师，说完一段蠢话之后，主公右拳一砸左手心："端的妙计！"不过我的解释更合逻辑。我说，这些角色不是我创造的，而是活生生的人，可以吗？活生生的人比我聪明，有什么稀奇的？我说的这都真事儿！听者往往呸之。听故事的时候，听得挺带劲，听完却呸我，这都什么人呀。

　　这本书里当然有一些故事的主角是我认识的人，我尊敬的人，和我想要纪念的人。本书要献给谁，谁自然知道，就不写出来了。接下来我们讲故事。

狗王周骐圣

　　狗王周骐圣的诊所在东郊的一个村儿里，三间门脸儿平房，门窄得像狗舌头一样，地上连地砖都没铺。门厅摆着前台和一排食堂用的那种连体塑料椅，正对街门的墙上挂着面锦旗，上绣"狗王"两个斗大的金字，不知什么人送的。注册医师仅有三人，其他都是村里的年轻人——任何人披上白大褂都跟真的一样。此前，周骐圣据说服务于北京较大的动物医院之一，乃该院王牌医师，后被开除。被开除的原因，我听不同的护士和病人说过不同的版本。比较合理的是他喜欢在诊室里抽烟，因为他现在依然这么干，此外还有长期迟到早退、违规用药、对病患家属进行人身攻击、治死名犬、以上皆是等选项。

关于"狗王"这个称号，狗王本人表示早忘了是怎么来的了。但我当然知道，这是后话，暂且不表。现在先说说我是怎么认识周骐圣的。几年前他的诊所在村儿里开张的时候，我的狗正好得了病，一摸就吱吱叫，叫声奇特而凄惨。于是就近去诊所看了看。周骐圣摸了摸，见狗又吱吱叫了起来，便诊断道：腰椎间盘突出！我大惊，心说狗还有这病吗？再看这位大夫，粗枝大叶，跟山大王一样，一看就绝非善类，而且连白大褂都没穿，看起来十分不可信。我问他，如果是骨骼的病不是应该照个片子吗？他头也不抬地答道："没机器，有也不用照。"我一听，觉得这家诊所太不靠谱了，抱起狗就走，狗又吱吱叫了起来。他在我身后坐着，也不回头，平静地补充道："如果不是腰椎间盘突出，就是脑部被细菌感染，让它错以为自己是老鼠。"我愤愤而去。

结果辗转跑了三家县城的诊所，片子也照了三次，诊断都是这个病，且都说需要住院治疗。我一想要天天跑县城来看它，太不方便，我连看我亲爹都没这么勤快，就回了周骐圣的诊所。一进门，我拿出一张 X 光片给他看，他瞄了一眼就放在一边，提起笔来刷刷点点开了张方子，让我去交费住院。这么着，我跟他连续见了十几次面，每次来都几乎碰见狗主人在骂他，这使我对他产生了浓厚的兴趣。

周骐圣的相貌体格实在不适合当医生。一般来说，医生应该身材高大、肩膀宽阔，给人一种可以依靠的感觉。他不但达到这一标准，而且超过太多。此人身材过高，肩膀过宽，且面目凶狠，相貌粗豪；两道浓眉斜插入鬓，一对环眼皂白分明突出眶外，连鬓络腮短钢髯，压耳毫毛好像抓笔一般——每当我给别人讲周骐圣的时候这样开脸儿，听的人总是很生气，因为他们觉得我在抄袭。然后我也很生气，凭什么说书的说姚期、胡大海、程咬金总是用这套词儿，我就说一个人却不行？何况周骐圣确实就长这样。

有个奇怪的现象：饶是他如此体格魁伟面目凶恶，狗主人们还是每天都跟他发生摩擦，尽管其中大部分假如动起手来，胜率恒为零。狗住院的那些天，我就目睹了不下十起医患纠纷，大部分是嫌周大夫手太重，或诊疗手段太粗鲁，或怪他在诊室里抽烟。有一位妇女怒道："你们院长呢？我要投诉你！"周骐圣说："好，请稍等。"然后拉门出去，关上门，又打开门进来，对妇女说："你好，我是院长，什么事？"妇女气得半死，大叫道："你不能在病人面前抽烟！"周骐圣说："你又没病，是狗病了。"

当然我不是要歌颂他在医院里抽烟。他这人是个实打实的浑蛋，一如我的许多其他朋友，这些方面并不值得歌颂。但其医术确实高明，诊断简单清晰，治疗精确有效，跳过了很多昂贵且麻烦的检测。经他手医治的狗大部分都能起死回生，十分神奇。他一生只看狗，猫啊鸟啊乌龟之类的动物一概不管，问其原因，他说这样可以少记很多症状、药方和寄生虫。而真实的原因肯定是村里的狗多。总之，他的恶名和他高明的手段同时传播开去，诊所很快就风生水起门庭若市了。但这不能改变他总是惹恼狗主人的事实，终于爆发出第一场动起手来的医患矛盾。

这事儿说起来在我目睹和听说的"周骐圣事件"中也只能排第六或第七，在讲排第一的事件之前，权当开胃小菜：有一回，一个剃光头戴金链的胖子带着一条斗牛来看病，说是斗牛吃了只鸽子，三天不拉屎，总是呕出恶臭的膏样物体和血。周骐圣摸了摸，又让主人掰开斗牛的嘴，捏着鼻子看了看，然后对主人说："不拉屎太正常了，因为它把屎吐出来了。"据我观察，到此为止主人并没有想揍他，但接下来他对狗实施了惨无人道的直肠指检，这下把主人给惹毛了（如果医学上有相对于"指检"的"拳检"概念就更合适了）。主人当时抱着狗脖子不敢撒手，因为此时撒手谁被咬还说不定，只好回头怒骂："它吐东西，你他妈抠它屁眼干什么？"周骐圣也不抬头，一边继续把狗弄出撕心裂肺的惨叫，一边悠悠问道："吐屎的是它，又不是你，不抠它难道抠你吗？"说着抠出一大块带皮带肉的禽类骨头，鲜血淋漓，十分骇人；往盘里一扔，说声："一百，前台结账。"摘下手套扬长而去。狗主人大怒，撒开狗抄起一瓶酒精奔向周骐圣，抡胳膊撒手，啪嚓一声砸在后心上，听得人心惊肉跳。周骐圣缓缓转过身来，双手插在白大褂的口袋里，低头看了半晌，摇摇头说："一百零五，前台结账。"

这件事没什么下文，因为那个胖子气焰顿消，结了账带着狗走了。这大概是由于狗在他们打架时自己窜下台子拉了泡带血的稀屎，然后发出健康的吭哧吭哧的声音。这也是该事件只能排第六的原因之一。现在来说说排第三的事件，其实这样的事有好几件，常常发生，"狗王"称号的由来也跟此事有关。事发当天，我的狗正要出院，我以为我将是最后一次来了，没想到发生了这事儿，让我对这个诊所兴趣大增。

当时来了个愁眉不展的老头，六十来岁，带着一条愁眉不展的金毛，怯生生地问："能做安乐死吗？"周骐圣撇撇嘴，拉过狗来上下摸了一番，用听诊器听了听，抬头道："什么病啊，癌症？"老头使劲点点头，说已经在别的医院确诊了。周骐圣问那为什么不直接在那医院做？老头说那医院太贵，觉得村里的应该便宜点儿。周大夫双手往兜里一插，歪头看了看狗，狗也歪头看他，眼里全是眼泪。他说："我看不像癌症，像是结膜炎，不过结膜炎也很痛苦，你看它都哭了。可以实施犬安乐术，还顺便提供毁尸灭迹服务，宠物火化，处理骨灰，不单收钱，要吗？"老头又使劲点点头，周骐圣就开了单子，让老头签了字，拉着狗进后堂。走着走着，他回头看了看，又继续往前走去，头也不回地说："做完就装车拉走，不带出来啦。你交完钱就走吧。"

我来了兴趣，一时不打算走了，就坐在门厅看着。这倒不是对狗有兴趣，虽然那狗看上去还挺健康的，除了一只耳朵上缺一大块，可能是被别的狗咬的。但癌症这东西谁看得见呢，我主要是对这个老头有兴趣，因为他一不哭二不闹，只是踮着脚尖往里看着，像一只拉长了脖子的鸭，尽管明知什么也看不见。安乐死手术很快，我拿出手机听了一回《隋唐》，周骐圣就出来了。老头如蒙大赦地迎上前去问："死了吗？"周骐圣答："交钱了吗？"给老头噎得够呛，呆了半晌，转身交钱走了。等他走远，我问周骐圣金毛是不是真死了，他看了我的狗一眼道："我这儿还剩12毫升氯化钾，不用也糟践了"——后话我没听完就抱起狗跑了。

第二天早上我爸遛狗回来，无意中提到村里贴了好多寻狗启事。出门一看，电线杆子上真有几张，上写：寻找走失的金毛犬，家里老人遛狗时未拴绳丢失，特征是左耳缺一块云云；下头是一张照片，一只金毛歪着脑袋看镜头，看起来蠢极了。我看了以后十分眩晕，一天都没缓过劲儿来。下了班我就直奔狗王的诊所，结果撞见一男一女正在破口大骂，而周骐圣则锁着诊室的玻璃门在里面抽烟，一边抽还一边玩儿一个狗骨骼模型。那男的骂着骂着看见了我，大概是见我没带狗，以为我是诊所的人，劈手抓住我袖子就问："你说，是不是你们把我家豆豆安乐死了！"我打掉他的手，问豆豆是什么狗。他说："是金毛，耳朵缺一块，很健康的！很健康的！"那女的也转过头来对着我连喊"很健康的"。我问他们是怎么知道豆豆死在医院了。那女的说，有个男人打了寻狗启事上的电话告诉他们，说一位老人带着金毛来做安乐死。女的说完，男的又劈手揪住我领子，冲我喷唾沫星子："你们这是草菅人命！我告你们！你们为什么不检查就动手术！"话音未落，玻璃门"砰"地开了，周骐圣巨大的身躯从里面挤了出来，抓住男子的手腕往旁边一甩，把我们俩都甩了个趔趄，总算分开了。

"安乐死是我做的，"他说，"这人不是我们这儿的人。你可以告我，或者选择别的撒气解恨的方式。"

因为个子太高，他说话时几乎是把胸口顶在那男的鼻尖上；尽管眼睛往下看，却不低头，声音又粗又沉，十分吓人。"但是不能退钱。"他补充道。

后来夫妻俩闹了一番，哭哭啼啼地走了，也没什么结果。据说是女的怀了孕，公公怕金毛太闹腾，撞了媳妇的肚子，遛狗时几次偷偷故意放生，结果狗就是不走，一气之下才出此下策。等有人打电话告诉他们，狗已经死了，这些都是接到电话以后对公公突击审讯得到的口供。后来，等了好久也没人告周骐圣，让我觉得有些不平，我甚至想找几个大学同学（他们中很多是律师），上门帮他们打这场官司。

周骐圣在这起事件中第一次跟狗主人发生了肢体接触，不过这也是为了给我解围。我这人没原则没立场，时间长了，回想起来确实是老头说谎在先，严格来说，周骐圣在其中有多少过错，实在很难说清。渐渐我不再计较这事儿了，有时狗有个头疼脑热小三灾儿，我还是带着去诊所看看。一晃四五年，狗虽老了却越来越硬棒，很少生病。有一天去打疫苗，去的时候天光大好，甫一进门，突然间"黑云密布遮天日，一阵暴雨似过瓢泼"。打完针，我因为没带伞，就跟周骐圣聊起天来。诊所里除我之外只有两口子带着一只巨大的白熊在输液，非常安静。我们听着雨，喝着茶，聊着聊着难免聊到那只死去的金毛，我忍不住又数落了他几句。周骐圣想了想，慢慢地说："那狗呼吸有问题，我一听就知道了，就算当时不死，早晚也得死。我是不会故意杀狗的。"我听了，隐约觉得哪里有问题，但一时又说上来，只得作罢。接着我们聊到杀狗的话题，我问他是不是医生做的安乐死多了，也跟打过狗的人一样，身上带杀气，结果他还没回答我，就出事了。

起先是输液室里吵了起来，接着一阵哗啦作响，有人摔门出去了。等我俩追出来，两口子和大白狗已经都在外面了。大雨像摄影棚里拿管子喷的一样气势汹汹，两口子非常配合，情绪到位，表情逼真，吵个不休。大白熊虚弱地缩在屋檐底下喘着气。两人吵的内容似乎是治病太贵，男的不想治了，女的不干。大白熊这种狗体形巨大，而狗输液用药都是按体重计算剂量的，当然比吉娃娃贵多了。我正琢磨着，谁也没想到那男的突然大步走到屋檐下，左手抓脖子，右手揪尾巴，两膀一晃，"嗨"的一声把大白熊举起来，往东墙上"砰"地一摔。这一下事发突然，又快又狠，谁也没防备。狗弹在墙上，"吱"了一声，落在地上扭曲成一个奇怪的姿势，不动了。

这回女的也不哭了，两眼圆睁，双手虚捧着脸，像是要捂眼睛却定在半途一样，呆呆不语。我也吃惊非小，甚至没想起来过去看看狗。那男的啐了口痰，阴阳怪气地叫道："还治吗？还治不治了？我看你——"一句话喊到一半，突然拐了弯，变成一个奇怪的气嗓。我转头一看，周骐圣不知道什么时候闯过去，双手掐着脖子把这小子提了起来。屋里几个护士和医生都出来了，拉腿的拉腿，抱腰的抱腰，好容易把周骐圣拉开了。周骐圣抖了抖手腕子，回头怒道："看我干什么！看狗去！"于是两个医生把大白熊抬进屋里去了。此时雨势逾猛，周骐圣全身都湿透了，头发却根根直立，连胡子都挓挲起来了。挨揍那小子也不示弱，大口喘着气，在两口气之余巧妙地插入一句句台词：

"姓、姓周的，我、我、我告诉你，我、我们家的事儿，你、你他妈管不着！你、你、你敢打我，你、你也不打听打听，你、你知道我谁吗？"

周骐圣此时已经调匀呼吸，抱着肩膀看着他。那小子又说：

"老、老、老子在咱们村儿，还没、没他妈的、没他妈的人敢动老子，你、你给我记着，我、我是豹、豹、豹子，你打听打听，谁、谁不知道豹、豹、豹子？"

周骐圣也不示弱，淡淡地答道："我叫235，你也打听打听。想找碴儿随时来，我周末不上班，你可以上家找我，就在铁道边那独院儿，你打听着来，带多少人都行。"

那人骂了几句，揪着媳妇走了，狗也不要了。我把周骐圣拉进屋，劝他别惹事。这个豹子确实不好惹，倒不是说他多能打，主要是因为他有一群黑恶势力，大多是村南头工厂区的子弟，全都游手好闲，到处惹事，很成了些气候。周骐圣倒是满不在乎，问我大概有多少人。我想了想，可能有十来个，没准儿还有我没见过的。周骐圣一笑："没事，你甭操心。我看他敢不敢来。"俄而又轻声补充道，"跟病狗牛×，算他妈什么东西！"说完接过其他医生递来的 X 光片，大步进手术室去了。

第二天是周六，我把这事儿跟几个兄弟说了，大家都劝我别管闲事。我说那咱们看看热闹去吧！大伙儿拍手称快。这都什么人哪。

周骐圣家住在铁道北边一个当不当正不正的独院儿，据说这

个院子多少辈以前还是我们家的，当时是为了占地儿。此处距离
两头的村子都有一里地以上，四围荒草丛生，下过雨以后寸步难
行。一过火车，有时候能把玻璃震碎了，每隔几分钟头顶上还过
飞机。无巧不成书，我们拨草寻蛇一般艰难地赶往周宅的路上，
远远看见豹子带着一伙人从另外一个方向来了。这群小子一个个营
养不良，跟甘蔗成精一样，跟在豹子身后耀武扬威，十分可笑。我
们紧跑几步来到院墙拐角影住身形，等着万一出事好抄他们的后路。
当然，根据剧情发展的规律，这是用不着的了。

　　豹子来到院门口站住，举起一根棍子咣咣砸门。我半蹲着身
子，屏住呼吸，准备随时往外蹿。打架我不很擅长，但打闷棍拍
黑砖还行，尤其后者。我算计着，后面这群甘蔗成精的都不是什
么问题，其实他们没怎么真正打过群架，每次只是起哄架秧子，
只要第一时间控制住豹子就好办了。豹子能举起那么大一条狗扔
出去，大概不太好对付。最好的结果当然是这边一砸门，门分左
右，周骐圣绝尘而出，势如奔雷地穿过人群，直取豹子首级，同
时放倒六七个杂拌儿。不过这听起来不像周骐圣，像文泰来。我
正想着，门开了，同时，我从没想过的一种熟悉的巨大噪声响了
起来。

　　那是几十条狗同时吼叫的声音。

接着，一大群体形各异色彩缤纷的狗破门而出，刨得泥水四溅。这些狗每一只都戴着一条黑色三角领巾，中间一个白月光儿绣着"周"字，见人就扑，逢人就咬，其声势之浩大，令人联想到二战登陆题材的影片。它们训练有素，进退得法，每三四条一组，有大有小，竟然还能打出十分科学的配合，令人瞠目结舌。其战法宗旨大概是：雷声大雨点小，威慑大于打击。整个战场迸发出热情澎湃的吼叫，中间当然掺杂着凄惨的哭喊声。豹子早就丢盔弃甲，棍子不知道哪儿去了，被四条西施追得渐行渐远，其党羽也被剩下的大狗小狗撵得四散奔逃。

周骐圣抱着肩膀靠着门，脖子上也系着一条黑领巾，面带冷酷的微笑。定睛一看，我又吃了一惊——他左腿边蹲着一条耳朵缺了一块的金毛。看到我走过来，这位保镖憨厚地伸出舌头笑了。

"好家伙，够邪乎的啊！"我拍了拍金毛，"哪儿来的这么多狗？"

"医院里捡的，"周骐圣点了颗烟，"每年都有好多。病了——或者没病——就扔我这儿不要了。"

"你拿什么喂这么多狗啊？"我的一位小伙伴问道。

"狗粮，"周骐圣说，"住院的狗，主人给带的狗粮我都留一半儿。"

我看着远处尘沙荡漾土雨翻飞的战场，啼笑皆非地摇了摇头。"你还真不愧是狗王，"我由衷地叹道，"谁给你的锦旗？"

"我自己。"周骐圣粗豪地笑起来。那是一种让你想跟他撮土为炉插草为香的笑。

"这狗不是让你给安乐死了吗？"我摸着金毛，它使劲扭头舔我。

"我不杀没病的狗。"狗王说。

野生拳王郑观山

　　我小学的班主任有一次在课上说：人做任何事都有理由，这是人跟动物的区别。这句话很有道理。多年观察和思考下来，我发现人只有做少数几件事时会没有理由，比如购物和打架。当然，这两件事也是可以有理由的，譬如人可以为了让女朋友开心而买东西，也可以为了让女朋友开心而跟别人打架。我举这两个例子，只为说明确实有很多人做这两种事是没有理由的。我认识几个这样的人，比如郑观山。郑观山是个诡异的人。连我认识他的过程都非常诡异，如果我要写篇小说，描述两个人相识的过程，我肯定都想不出来这种方式。

几年前，我要在三里屯的一个夜场做活动，一整天都泡在那个场地里。下午快收工时，有个女同事突然大叫起来，说电脑丢了。单听她叫的声音还以为她的大脑丢了。因为场地白天不营业，只有两三个场地的人和我的人在场，便叫来经理调监控录像。这事儿我没管，坐在沙发上跟经理和他的小弟聊天，那小弟就是郑观山，那年也就二十出头，但其面容看起来沟壑纵横，简直堪比丹尼·特乔，无法推断其年龄。

过了一会儿，进来一个保安，鬼鬼祟祟地对经理说："录像里有个怪人，您快来看看。"经理不耐烦地问："找到偷电脑的没有？什么怪人？"保安说："在靠近后门的空场，摄像头视野一角，有个矮胖的身影，看不很清楚；奇怪的是，此人既不前进，又不后退，而是像鬼魅一般，忽前忽后地蹦跳，整个身子一颠一颠，活像僵尸，只是没见过这么圆的僵尸。"我跟经理都出了身冷汗，我说你这场子不干净啊？经理愣了半晌，霍地站起："走，看看去！"做这种地面上的买卖的人，一身皆是胆也。听他这么一说，我胆子也大了起来，正要跟他走，他那矮胖小弟忽然摸着后脑勺嗫嚅道："老板，那个是我……"

后来我还是看了那个录像，笑得腰都快断了。我问那小子，你这是在干啥？他说练步法。我问，你学舞蹈？他说，不是舞蹈，是拳击。我震惊了，还没见过这体形的拳击手，就这身高，一直拳还不打对方违禁部位上啊？但是我没敢说，因为我判断，再差劲的拳击手都可以单手干倒我。这种事虽然没有发生，但是当天晚上就从另一个角度验证了。技术上说，如果一个拳击手可以单手干倒一个比我壮一倍的人，我这个判断就是准确的。

　　活动散场时，我们请来的一位 DJ 跟一个酒鬼打了起来，该酒鬼就是那个比我壮一倍的人。过程我没看见，得知此事时已经是在经理办公室里了。经理大骂了小弟一顿，问他为什么打客人。由此判断，事态由 DJ 和酒鬼斗殴，发展到了夜场小弟殴打客人的阶段。小弟答说因为客人打架，而他的职责就是看场子。经理怒气冲冲地嚷道："你第一天下地面儿吗！客人打架扔出去就行了，从明朝开始酒馆就是这么干的！你打人家干什么！"小弟摸摸后脑勺不说话。场面非常尴尬，因为我本不该在那儿，我是来谈结款的事儿的。我刚想说两句毫无意义的话，经理突然又拍桌道："你小子到底还有什么事儿没说？"说完，大概是见我一脸迷惑，又补充说，这小子从来不会乖乖服软挨骂。他老有理。一旦他没理不说话了，准是惹了更大的祸。经理说这话时，小胖子一直两鬓汗流，喘得呼哧呼哧的。经理瞪了他一眼，站起来说："妈的，老子看监控录像去！"说完摔门而去。我问小胖子，还惹啥祸啦？他长叹一声，前言不搭后语地讲了，把我笑了个半死，又不敢当面大笑出来，憋得屁都快出来了。走之前，我拍拍他的肩说："没事！我跟你们经理很熟，我帮你说两句好话，你叫什么？"答说叫郑观山。我开门离开的时间里，听见他在背后小声说："你能有我跟他熟吗，我说都没用。"于是我知道他是个毫无逻辑思维能力的人了。

关于郑观山那晚到底惹了什么可笑的大祸，一会儿就会讲到。现在先说说我们真正认识时的事。按照我国传统，俩人要说认识，好歹得一起吃过一顿饭，或喝过一次酒，否则就不算认识。那天是情人节，准确地说是情人节后的那天，因为我盯完活动执行从酒吧出来时，天都有点儿鬼龇牙了。情人节活动最难执行。倒不是因为活动场面太壮烈，而是执行团队成员会拿出精彩纷呈的理由请假，而你很难不批准。这样，我一个人从场地出来时简直看破红尘，感觉再也不会爱了，并且饿得不行。我找了个包子铺，只有我一个客人，我觉得这是理所当然的，谁会在这个日子口儿这个点儿出来吃包子？结果我想错了。门吱呀一响，进来个小胖子，我一看，郑观山。

郑观山一见我，愣了一下，转身就想出去。我喊了一声："嗨！嘛去啊？过来吃包子。"他就老老实实过来了，这真令人意外。像他这种夜店看场子的不是应该特别有个性和骨气吗？就冲我这语气就可以揍我一顿。后来我才知道他要揍谁是没理由的，不揍也没什么理由，他就是开头说的那种人。这是我第一次跟郑观山聊天。一般而言，只偶尔见过一面的人坐下来吃饭会很尴尬，因为没得可聊。郑观山是个特例，他每次跟我吃饭，身上总是带着形态各异的伤，最重的一次，整个左手包成手刀状，活像山羊座圣斗士。他的伤基本都在手指上，可见拳击是一门多么不适合野外实战的技术。你打在头骨上，手指会断；打在鼻梁上，手指会断；打在门牙上最惨，不但手指会断，外面的皮肤还会破得七零八落，简直是伤敌一千，自损八百。现在我跟郑观山熟了，每次吃饭时，不管有几个人在场，聊天都会从"这伤又怎么弄的啊"或是"又打客人啦"开始。

　　鉴于当天的特殊性，我觉得郑观山那一次打架肯定是跟情人节有关，结果一问，不是。看完当天的场，老板回家之后，他从店里出来，径直跟定一个高壮的客人，穿过使馆区进了一个老旧小区之后，在楼道里把那人打了一顿。我问他，这人是你情敌？他把头摇得像一只发情的雀形目胖鸟，连说"怎么可能，怎么可能"。我说怎么不可能，你是 gay（男同性恋）？他把嘴抿成一字形，后来我发现每次他露出这个表情就是准备揍人了，我没挨揍是由于当天他身上没钱。因为他揍完那个粗壮大汉之后把钱都扔在那人脸上了。我追问再三，你到底为什么打他？他说，看场子这几年下来，什么人该揍，一看就知道了。作为一名称职的法学生，我扭过脸，默默地对他表示了不屑，不过还是把包子钱给了。

　　几天之后我再次去店里找经理谈活动时，说起那天晚上他惹的大祸，两人开怀大笑了一番。事情是这样的：DJ 和酒鬼打起来之后，郑观山跟一同看场子的兄弟本来想按照老板的指示把两人弄出去了事，结果那个酒鬼突然用后脑勺击昏了他那位兄弟。郑观山大怒，迈过兄弟的身体，一个直拳，正中客人胸口有效部位。从录像上看，客人当即还手，但大部分攻击都被他灵巧地闪开了。如果你第一次跟练拳击的人打架，确实会不知道怎么打，因为在所有常见的格斗技巧中，他们脚步灵活，走位风骚，是最长于躲闪的。打了一阵，郑观山来了兴头，动作渐渐大了起来，脚步也越发复杂起来，一阵阵组合拳把那人揍得七荤八素。就在这时，从他的西装口袋里，"唰"地蹦出来一捆钞票。

钞票往地上一落，又被他灵巧的步法一蹚，散成一大片。周围的人发一声喊，齐刷刷地蹲下身去捡钱，一时间形成一个整齐的圆圈，圈里的人比圈外的矮半截，简直像是个麦田怪圈。这黑灯瞎火的，如此反应速度，真是匪夷所思。郑观山被围在正中，整个人都呆了，如同一位被膜拜的正神，只是不太伟岸。从一个蹿蹦跳跃的矮胖拳手到众人顶礼膜拜的偶像的转变太有喜剧效果了，看一次笑一次。不过我笑还可以，连经理都一起笑，可见夜店的钱来得很方便。

有一次我因故需要跟郑观山一起待很长时间，几乎一整个晚上。我们聊了很多。比如，为什么要选择拳击？我觉得拳击在街头搏斗中很不实用。跟人讨论格斗是否实用是很危险的，因为你很容易引出"咱比画比画啊"这种没道理的话来——你就是把我打死了，这个结果跟你的格斗技术是否实用之间也只有相关性，没有因果性。跟郑观山这种没道理的家伙讨论，是因为他的脑袋实在太简单了，连相关性这一层都想不到。他会反问："拳击怎么不实用了？"我说："对手如果踢你下盘怎么办？"他愣了一下道："躲、躲开啊！"可见，练过跟看过还是有区别的，要是我就会想到双手抱住对方的腿滚作一团的方法。不过实践中我都是采用转身就跑的方法。

　　郑观山说，他从小就常在电视上看拳击。那时候，每个周末中央台都会播一场拳王争霸赛。我看着天花板回想了一下，是有这事儿，我就是这么开始讨厌拳击的。年幼的郑观山一到周末就站在电视前面，跟着屏幕里的选手一招一式地比画，觉得特别过瘾。现在想来，这真是一个绝类《铁甲钢拳》的愚蠢画面，但愚蠢和感动常常是正相关的。我有这么个推理：一个男孩子最早接触到的暴力形态，决定了他一生的暴力危险程度和处理暴力的方式。比如我，因为我爸特别喜欢看田径锦标赛而选择了逃跑的方式；而郑观山则选择了拳击。但是他一直没去接受专业的训练，只是看过电视、VCD、书，进入夜场圈儿以后认识了一两个会打两拳的，基于他天生的抗击打能力，就这么学会了。

现在需要补充一下，我为什么会跟郑观山相处一个晚上。那是在朝阳医院的急诊大厅里，我俩各自守着一张床，我这边是一个被车撞了的同事，他那边是个不知道什么人，两者都一身绷带，沉默不语，或睡着了。那天晚上我接了人事部的班，来守着受伤的同事，郑观山突然扶着一个瘦骨嶙峋、一瘸一拐的病人出现了，把我吓了个魂飞天外。一开始我觉得，怎么在哪儿都能碰见这小子啊？难道他在跟踪我吗？后来又一想，在这一片儿，朝阳医院的急诊室简直是最容易碰见他的地方了。甚至可以这么说：急诊室是唯一遇见他时不应该觉得奇怪的地方。奇怪的是，受伤的人不是他。

那已经是不知道第几次碰见他了。再上一次，这小子居然上了电视，只不过出镜时不太光彩，是在派出所里，眼睛上打着一道完全没用的马赛克，因为他一说话就摇头晃脑，马赛克不跟着动。那回好像是因为他走着走着路，忽然生出一股邪火，闯进路边的一家房地产中介的门店，揪出一个最壮的，摆开架势打了一顿，结果这个珍贵的画面被监控录像捕捉到了。所以，要不是得在急诊室看着同事，谁愿意跟这种没事儿就找个人揍一顿的胖子聊天啊？说这话已经是认识他之后四五年了，我觉得他也该成熟点儿了，就问他那个病人是怎么回事。

郑观山干出来的事，有一个特点：你总能猜到开头，但是猜不到结局。等过一阵子，你会发现开头也猜错了。我当然知道床上这个人是被他打伤的，但是他打完人往人脸上扔钱，扔得连包子都吃不起了，怎么可能送医院？那回要不是碰见我，估计吃完包子还得把卖包子的掌柜的揍一顿。所以这回揍揍的肯定有点儿什么不同。看两个病人都合眼了，我叫他出去抽烟。吸烟区太远，故事太短，还没到就讲完了。

　　那天他交了当天收的钱（夜店里看场子的人，负责收一部分酒钱、卡座钱、小费和不便于此处印刷的钱），在吧台要了瓶啤酒准备喝完回家，发现吧台还坐着一位客人。这人瘦小枯干，眼镜摘了放在桌上，面前摆着杯红酒。只有第一次去喝酒的人才可能在这种地方喝红酒。郑观山没搭理他，喝自己的酒。一会儿，别的客人都走光了，全场只有吧台的灯还开着，借着这几盏残灯，他看见那客人一步一步朝他挪了过来。抬头一看，那人已站在眼前。他刚想问什么事，那客人抬手就是一巴掌扇了过来。其姿态颇像女孩子打男朋友。郑观山立起左手做了个严谨的防御，同时右手本能地刺了出去，正中鼻梁，顿时鲜血长流。结果那个客人突然哇哇大叫起来，扑上来抱住郑观山又捶又咬，涕泪横流。我们知道，拳击手最讨厌搂抱，此时裁判应该挺身而出把两人分开。但这不是拳台，没有裁判，郑观山只好抽出左手，给了他一个勾拳，把他放倒了。"我这是为了保住我的耳朵。"郑观山事后说。

在郑观山打过的架里，这是最莫名其妙的。众所周知，他找
碴儿打架都是无理由的，而找碴儿跟他打架的多少都有个由头，
所以这不属于此类情况；反过来，作为找他打架而没有理由的第
一个人，这家伙又太弱了，似乎一拳就被打断了肋骨。打完之后，
这人就呈一个扭曲的 L 形倒在地上不动了。前面已经分析过了，
郑观山不可能送他打伤的人去医院，在店里打伤客人也不是头一
回了。于是我问他这是为什么。这时候我们恰好走到了吸烟区，
点上了烟（他没烟，蹭我的）。

郑观山说，他把那人拎起来准备扔出去时，那人突然哇的一
声吐了。他问酒保："这人喝了多少？"酒保说一杯红酒还没喝两
口呢。郑观山觉得蹊跷，以他丰富的实战经验，他判断那一拳击
打的位置不会引起呕吐。他艰难地蹲下身，问道："你来之前还跟
别人打架了吗？"我听到这里烟都差点儿掉了，这叫什么逻辑？郑观
山接着回忆道，那客人挣扎着想起来，突然一捂胸口，就昏倒了。

送到医院以后，客人醒了，忽然大哭起来。问他原因也说不
清楚，只是一味地哭。大老爷们儿哭实在是太招人烦了，何况还
是号啕大哭，郑观山不乐意了，举起醋钵大小的拳头道："再哭凿
死你！"哭声立止。在郑观山的温柔劝导下，那个瘦骨嶙峋、胸
口挂着血和呕吐物的男人断断续续地讲了起来。原来这人姓王，
是个老师，最近被诊断出食道癌，听起来是活不长了。王老师思

前想后，觉得花冤枉钱拖着不死也不是个事儿，不如来一趟爱德华与卡特[1]的遗憾之旅。他给自己开了个单子，上面写了自己没干过的事，其中有一项是"打架"。王老师这一辈子别说打架，连看打架都没看过几次，他能想到的跟人打一架的最佳场所就是酒吧（酒吧和夜店他分不太清楚）。其实这纯属脱了裤子放屁，他只要出了医院的门儿，找个开豪车的，对着车门踹一脚就行了。如果不愿意出门，就找个大夫打一顿也行，反正看起来他打不过任何人，对手其实是不重要的。以上是郑观山的世界观，不是我的。遗憾的是，并不是所有人都像郑观山那么浑蛋的，人们打架终归还是要有个理由，"我没打过架"这种理由不太说得通。思前想后也没有想出好办法，于是他只好坐在吧台上喝酒，这时候看到了郑观山。用王老师自己的话说——"我也不知道什么原因看见他就想跟他打架"。

郑观山听完王老师的故事，觉得他太可怜了，决定留下来照顾他。而王老师也善良地表示不要他赔钱，大概是觉得唯有这样才能达到打架的真实后果。而我听完郑观山的故事后嗤之以鼻，因为我根本不信他做事有什么理由。因为王老师没打过架而打了他，这并不应该产生什么愧疚感，何况此前我听说他打客人、打酒鬼、打房地产中介那么多回，也没产生过什么愧疚感。我这么

---

[1] 爱德华与卡特：电影《遗愿清单》主角。这部电影讲述了两位绝症患者依次完成清单上的遗愿的故事，他们做了很多疯狂的事。

说了以后，有那么一会儿，郑观山又把嘴抿成一字形，以至于我差点儿转身逃跑。不过后来他没揍我，只是说了一句很奇怪的话："我打的每个人都不是白打的。"

对于这句话，我一开始理解为"我打的每个人，我都赔他钱了"。后来一想不对，他打的人都是他老板赔的钱。没过多久，我突然很偶然地想明白了这句话。那天我和几个朋友在店里玩儿了一宿之后，深感年纪大了，熬夜力不从心，晃晃悠悠地准备回家。郑观山突然蹦出来，问我要不要跟他一块儿去见个朋友。你瞧，俩人一起吃过一顿包子，就算认识了；又一块儿陪过一宿病人，就算熟了。除此之外，我们还有了两个共同的朋友——王老师和夜店经理。我跟这俩人都是点头之交，不过对于郑观山这种浑小子来说，点头之交已经太了不起了，跟他照过面儿没打起来的都能算朋友。至于天都快亮了要去见两位共同的朋友中的哪一位，自不待言，这里要说的是路上的事。

那一阵子，三里屯周围的几个老旧小区正在改造，其时不过六点多钟，许多工人已经干得热火朝天了。有一台奇怪的机器，工人把前一天晚上被雨浇湿了的某种粉末铲进去，一阵突突突之后，从机器底下喷出干燥的粉尘来，三个工人轮流挥舞铁锹，在一片氤氲的白雾中干活。郑观山看着这个场面愣了一会儿，突然丢下一句"等我一会儿"，转身跑了。我以为他是回去抄家伙，以便能同时干倒三个手持铁锹的壮年民工兄弟，但转而一想，一个拳击手怎么会用兵器？不多一时，郑观山返来，走过去给每个民工兄弟递上一个一次性口罩。

离开工地后，我一直觉得哪里隐隐有些问题，但又想不出来。肯定不是"这家伙去哪儿找来这么多口罩"这种问题，是比这重要得多的问题。一路无话，转眼到了约定的街心花园。彼时红日东升，斑驳的树影移动得很快，四下到处都是手持奇门兵刃的老大爷，他们拿着护手电光钩、红缨枪和判官笔，蹿蹦跳跃，闪转腾挪，使我和郑观山接下来要干的事看起来不那么奇怪了。

王老师穿着跨栏背心，下摆掖在蓝运动裤里，脚下穿着白球鞋。也不知道这套改革开放初期的行头从何处觅得。两条掸子把儿一样的胳膊末端，垂着一副大得出奇的拳击手套。我吃了一惊，问郑观山："这是干吗，上课吗？"郑观山走上前去，用后脑勺丢给我一句："不是，打架！"那时候王老师的肋骨似乎已经长好了，因为放弃了治疗，并不像其他癌症病人一样丢了头发，看起来意气风发。郑观山两手戴上一副橡胶板，两人左一下右一下地对练了起来。太阳升得更高了，两人挥着汗，动作越来越有力，声音越来越大。直拳！直拳！勾拳！勾拳！防守防守防守！脚下动起来！左前！右前！后退，后退！每打一拳，就发出骇人的"咻"的风声；每击中一次，就听见像心跳一样结结实实的"砰"

的一声。王老师越打越快，渐渐不再需要郑观山指导了。是移动的速度还是阳光的角度？王老师看起来结实了很多，不再像一个活不长的病人。每一拳、每一步好像都把身上的病打出去了一点点。我忽然觉得我现在动起手来也未必是他的对手。进而我发现他是一个活生生的人了，我能够理解菲茨杰拉德为什么要反复强调"健康人和病人之间的差异"了。此时，两人不再像爱德华和卡特了，他们更像是爱德华和皮特^①。郑观山很开心，非常非常开心，因为他喊"直拳！勾拳！"的声音越来越大，声音里带着像是开怀大笑又像是用力拥抱的微妙感觉。突然间，他向右迈步，却踩在一块微不足道的石头上。在阳光投下的六角形炫光下，王老师打出一个门户洞开的左直拳，刺破微微卷曲的空气，以每秒1.75米的速度刺向郑观山的脸，无声地把他打了个万朵桃花开放。当然，我们知道，肉眼是看不到六角形炫光的，也看不到1/8速慢镜头，而拳击手套击中鼻梁骨也不会是无声的。郑观山往后一倒，摸了摸鼻子，鲜血长流。"妈的，骨折了。"他以丰富的实战经验判断道。

　　同时，我突然弄懂了之前想不明白的那件事。我看了一早上的拳击训练，郑观山的脚步、姿势、动作都非常专业，带有一种长期从事机械重复训练的坚不可摧的感觉。他不可能踩在那么一

① 爱德华和皮特：指电影《搏击俱乐部》的两位主演：爱德华·诺顿和布拉德·皮特。两人在这部电影中有很多打戏。

块小石头上就失去防御能力，也不可能"恰好"一个趔趄撞到王老师那其实并不快的直拳上（此时我又相信其实王老师根本不强了）。我以前看电视上一个讲座里说过，清朝的和珅非常之狡猾，但是他跟乾隆下棋时故意输，总是被乾隆发现。相比之下，刘墉虽然也输，但是输得非常有技巧，每每令乾隆志得意满，真的相信自己变强了。此事真伪不得而知，重要的是其中的道理：你要想输给一个弱爆了的人，必须处心积虑，并时时处处小心翼翼，用上各种技巧，这显然不是一个没有任何理由就揍人的胖子干得出来的事。一个没有任何理由就揍人的胖子也不会给粉尘作业的工人送口罩。我忽然间觉得我不认识这个胖子了。

我蹲在他面前，他正用熟练的手法止鼻血。他一定经常流鼻血。我开始措辞。我倒不是不善言辞，而是一下子想起好几件事，不知道按什么顺序问比较好。

"我一直忘了问你，"我这样开场道，"有一回，你给一个 DJ 劝架，打了一个又高又壮的酒鬼，记得吗？那是因为什么？"

郑观山捏着鼻子，阴阳怪气地说："练习高位防守。"

我说："放屁，肯定有原因，你要是不说，我现在就把王老师打残废，让他对剩下的人生彻底绝望。"王老师不善于处理这种场面，已经跑到一边练拳去了。幸亏他没听见。

郑观山抿了抿嘴，想了想。接着他说，揍那个酒鬼并不是因为他用头撞了自己的兄弟，他早就想揍那厮一顿。那个酒鬼是店里的常客，大概有心理疾病，每次看到有人上台演出，散场后就要找人麻烦。有一次，店里请来个乐队，演出结束后，这人找碴儿跟乐队的人打起来，把吉他手的手指用酒瓶砸断了。因为发生在店外，老板没让管这件事。郑观山觉得，吉他手吃饭的家伙就是自己的手，如果弄伤了手指，就失去了存在的意义。我大惊，问他："你还看过村上春树？"他问："啥树？"我说没事你接着说。

第二个问题，郑观山是这样回答的。情人节那天，那个被他揍了又被撒了满脸钱的客人，在店外打了自己的女朋友，打法残忍，令人发指；但路过围观的人没有一个插手的，一个个捧着自己的玫瑰花，揽着自己的女朋友，脸上洋溢着受人诅咒的幸福，快步离开了。女孩被揍得满脸花，哭着跑了，那人跟没事一样又回了店里。郑观山问老板，现在他在店里了，可以管了吗？老板摇摇头说，现在他没闹事。郑观山怒道："一会儿他就会闹事了！"老板又说，闹了再说。结果这人老老实实地在吧台喝了几杯，又跟没事一样走了。后面的事我就知道了。再后来郑观山就跟我吃了顿包子。

第三件事是房地产中介的事。前文书交代过，这小子有一天走着走着，突然就冲进路边的房地产中介门店，揪出个人胖揍了一顿。后来被抓了，为此还上了电视。关于这件事的起因，是这样的：夏天里的一个上午，天气很热，几个穿着白衬衫、脖子上挂着胸卡的年轻人在那个门店前的台阶上吃西瓜。吃完之后，西瓜子儿西瓜皮扔得天地都是，正好来了个环卫工人，大概是一边扫一边念叨了他们几句，几个年轻人勃然大怒，冲下台阶把环卫工人围起来施了一番拳脚。这件事，郑观山也是听说的。等他想起来，都过去好几天了。他那天刚好路过那家中介，想到这事儿，怒从心头起，恶向胆边生，大步冲进去问："谁打扫马路的了？"从这句没头没尾的话可以看出，他本人也并不怎么尊重环卫工人。屋里没人搭茬儿。他问了几遍，每问一句，屋里的人脑袋就更低一些，飞快地在各自的键盘上打字。郑观山失去了耐心，就近抓过一个看起来最壮的，拎出店来，揍了一顿。这一顿打得不爽，因为拳击不适合打已经倒地的人，无奈之下，只好出了一些犯规动作。我问他，如果打环卫工人的那几个当天不值班怎么办？郑观山呵呵一乐道："什么人会打扫马路的，我一看就知道了。"但是我觉得他根本不知道。"我一看就知道了"是他的口头禅。从这点来看，依然不能排除他是个浑蛋。

第四件事就是王老师。讲到这里，我回头看了一眼王老师，他正对着树上吊着的一个速度球练拳速。速度球是专业用具，没经过专业训练打不好，经常弹回来砸到脸上，所以他也流了鼻血。这么一来，唯独我没流鼻血，我都有点儿不好意思了。不过很快我就流了，一会儿就会讲到。我问郑观山，为什么要教王老师打架。他说王老师想打架，而他会打架，一拍即合。我说如果打出危险来怎么办？他说我老板会赔钱的。总之他是不会承认想要帮王老师了却心愿这么简单的事情的。即便已经承认了前面几件事，证明了他从来不会无端地揍一个人，他也不愿意表现得温情脉脉。我觉得我更加不认识他了。不过好像本来也算不上很熟，我只是碰巧跟他共同认识一个快死的人而已。我不知道他的身世背景，不认识他的亲戚朋友，不了解他的理想抱负，不认同他的处事原则。我几乎算不上认识他，但是不得不承认，我有点儿喜欢他，在厌恶他的同时。这真矛盾。我问自己，我这么想不会是因为我怕挨他的揍吧？想至此处，我迅雷不及掩耳地给了他一个漂亮的右勾拳。

没想到他从仰着头捏着鼻子的姿势突然变成了一个极专业的防御姿势，挡住了我的拳，并且闪电般地实施了报复性打击。他妈的，这人打拳基本上是全自动的。从那以后，我睡觉总是打呼噜，后来体检时发现，我有严重的鼻中隔偏曲。现在，我们算是真的认识了，因为我是唯一一个被他揍了之后，没让老板赔钱的人。严格来说还有一个，可惜已经去世了。按照电影剧本，我们都应该出现在王老师的葬礼上，可这是现实世界，没人通知我们。有一天，夜店还没开始营业，郑观山在后门蹦蹦跳跳地练习拳击步法，突然接到电话说有人来找。来人送了一个纸箱子，没说什么就走了。郑观山抱着箱子回到后门，盘腿坐下拆开一看，里面是一副 Everlast 牌（美国一家运动休闲品牌）顶级拳击手套。他愣了一阵，接着像是明白了什么似的猛一抬头，然后号啕大哭起来，这一切都被摄像头录了下来。他的一生跟监控录像真是结下了不解之缘。后来他们老板觉得特别有趣，偷偷邀请我看了这段录像，我看完这段无声的影像之后，打算呵呵呵地干笑几声，没能成功。

单曲之王杨百城

人类的记忆可以保存多久？保存在哪里？我们怎样管理它们？能否使用自己甚至没有意识到其存在的记忆？我不是要探讨哲学问题或神经学问题，而是想尝试解释一件我至今也没能解释得通的怪事。这是个轻松的小故事，没有人受伤害，也没有人死，也不催人泪下，只是有点儿不科学。还有点儿丢人。

我以前在游戏行业的时候，有个徒弟叫杨百城。他结婚的时候我去了，在舞台上，主持人让他发表感言，他跟得了奥斯卡一样，感谢了许许多多的人，其中说到我的时候是这么描述的：我的师父是个北京地痞，人品很不好，经常克扣我们的烟，还偷我们的茶叶，不过我还是很感激他；一是感谢他带我进入这个不靠谱的行业，二是感谢他激发了我们每个人身上的天赋。我在台下听着，心情十分复杂。

他所说的激发天赋，确有其事。我的每个徒弟都有一门绝学。有的写一手好毛笔字，有的能用油泥塑造出栩栩如生的裸女，有的会做烧羊肉。发现徒弟们生活中的一技之长，能够快速融入他们的精神世界，还可以在需要这些技能时省钱。唯独这个杨百城，真是一事无成，简直愁得我睡不着觉。他既不读书，也不爱看电影；既不运动，也不喜欢烧菜做饭。面试的时候他在"兴趣爱好"一栏填了"听歌"，这是典型的 0 分答案，切莫效仿。

但是不得不说，这小子长得真帅！面试的时候我一进会议室，顿时眼前一亮，一个俊眉朗目、清爽精神的少年腰杆笔直地坐在桌前，面带自信的微笑。事后我才知道他当时慌得都快尿了，但天生一对笑眼，救了他的命。他那个岗位上之前刚走了一个人，那人惨不忍睹，不但长得丑，且脏，最要命的是，人品比我还差。他偷我从别人那儿偷来的茶叶，这像话吗？我把他开了。这件事明眼人都看得出来，所以杨百城进来以后立刻得了个外号叫小白脸。

为了开发杨百城的精神世界，有一次我问他，你喜欢听什么歌？问出这种难为情的问题，殊非我愿，但他没别的爱好，我也没什么办法。没想到他答道："都说不上名字来。"这太令人绝望了，而且令人难以置信，你就算是喜欢听小甜甜也没什么可耻的，怎么会一个都说不上来？这不合常理。为了解开这个谜，我下班后偷偷开了他电脑。这在我干的没有底线的无聊事情里只能算是中等偏下，没什么可惊讶的。我打开音乐播放列表一看，吃了一惊：里面净是莫扎特、肖邦、贝多芬、李斯特、舒伯特、拉赫玛尼诺夫等等，还有好多我不认识的。我出了一身冷汗，以为这小子事先料到了我这一手。结果后来一观察，他午休的时候，还真会带上一个巨大的耳机听钢琴曲。

转过年来，开年会时公司找来了一支乐队现场演出。散场后大家都喝得东倒西歪，精神大多不太正常。有几个性格大概随我的员工，就去骚扰人家，说想玩乐队很多年了，能不能让我们拨弄两下。乐队的小伙子为难地看了看我们老板，老板也喝多了，挥着手绢让吧台给上一箱"科罗娜"。于是我们就在噩梦般的二把刀演奏中继续喝起酒来。喝着喝着我想起一事。我抬头一看，舞台上一个财务大哥正在用贝斯独奏《真的爱你》。这是用我最烦的乐器演奏我最烦的歌，但是我惹不起财务，只好耐着性子听完，然后揪着杨百城上了台。我大概醉得不轻，说话都成了长短句，颇有古风。我说："杨百城，你他娘的，肯定会弹钢琴，少给老子装蒜，快给大家弹一个！"然后我振臂一呼，阶下百喏，完全把杨百城扭捏的"我我我不会啊我真不会"之类的声音给压没了。

我把他按在键盘前坐下："这虽然不是钢琴，但是看起来也他娘挺高级的，快弹！"杨百城的脸跟脖子红得如同煮蟹。他把屁股在琴凳上左右挪了几十下，才磨磨叽叽地把双手举起来，慢慢落在键盘上。这个动作毫无来由地一下子吸引了所有人，现场陡然间静了下来，几个正在大声吆喝的人的破锣嗓子落在半空。

接着，杨百城弹了圣桑的《天鹅》。这是一段被人从哪里剪下来插入会场里的时间。

琴声从巨大的扬声器里柔和地倾泻而出，左手如松软的秋叶，右手似荡漾的水波。杨百城闭着眼睛，身体轻轻前后摇晃着，有时把手抬得很高，再缓缓放下，像是在触摸一颗珍贵的宝石。一遍主旋律之后，是从高音轻柔滑落到低音的结尾。安静了一两秒钟之后，旋律周而复始。人们都放下了酒杯，不再交谈，也没有人咳嗽或走动，仿佛所有人在一同看守正在熟睡的地球上最后一个幸存的婴儿。我眯着眼睛，看着杨百城，心想：你小子还挺会演戏。不过我的余光捕捉到一个更会演戏的。跟我们坐在同一桌的乐队成员本来怏怏不乐，就跟自己的孩子让不相干的人抱走了一样，一脸不高兴。但这一曲听下来，几个人都惊呆了，他们的反应显然比我们这些外行大得多，尤其是键盘手。键盘手是个姑娘，梳一条很高的马尾，十指修长，恰如其人。她把手指搭成 A 字形架在双眼之间，一动不动，似乎已经成了画。

　　最后一个音符被空气吸走之后，会场里一下变成了早市，尖叫声、鼓掌声、呐喊声、酒杯碰撞声混在一起，压住每个人的声音。人们为了让自己的声音跳出来，又发出更大的声音，拼命叫喊，很快这就成了会场的主旋律。他们对杨百城和圣桑的关注只维持了七秒钟。七秒之后，只有几个围在他身边的人还在谈他和他弹的曲子，其他人又回到现实世界了。围观者中当然包括乐队的那个姑娘。她双手握拳，激动不已地摇着头低声说着："太美了，太有画面感、太有想象力了！"以及其他一些语无伦次的话。最后姑娘留下了一个地址，说是一个琴房，周末的时候喜欢钢琴的朋友经常聚在一起弹琴聊天，邀请杨白城去玩。我听得目瞪口呆，因为时方才这支乐队的演奏可着实够狂野的，跟弹琴聊天这件事不怎么沾边儿。

　　姑娘走后，我们部门的坏小子们进入了一种空前亢奋的状态。他们根本不关心杨百城怎么突然冒出一项如此高雅的绝技。他们的议题是：姑娘是否对杨百城有意思？杨百城对姑娘印象怎么样？去不去赴约？什么时候去？还抢走了人家写地址的纸条，跟三岁孩子一样跑来给我看。我怒道："滚蛋！谁再起哄罚一条'中南海'！"立刻消停了。我咳了一声道："只有我能起哄。"然后我拉着杨百城走了。

　　关于弹琴这项秘技，他是这么交代的。他说他只会弹这一首。

这个解释在我听来就跟没写作业被老师抓到时答说"忘带了"一样是个愚蠢但标准的答案。我冷笑一声，听他继续解释，没想到他的解释还挺对我胃口的。这是因为我是一个科幻爱好者，他大概是投其所好，编了一套科幻解释，真是居心叵测。

这套解释的核心是一个术语，叫"肌肉记忆"。杨百城说，他小时候——很小很小的时候——学过钢琴，但是因为小学的时候从高处摔下来，撞着脑袋以后就一个音儿都不会弹了，最后没学下去。一直到大学的时候，交了个女朋友，女朋友家有钢琴。有一次，女朋友开玩笑我教你弹个肖邦吧，两人便你一句我一句地教起来。教了没三四句，杨百城突然把手悬在琴键上发起呆来，把女朋友吓得够呛。接下来发生的事更是让人魂飞天外：他两手左右一分，左手沉稳滞重，右手轻柔明朗，弹起《天鹅》来。

他说他后来还查了这事儿的科学依据。据说人在某种情况下是会唤醒童年的特定记忆的，这些记忆存储在一个叫大脑头层皮的地方。我差点儿喷出血来。他又说，后来在当时女朋友的帮助下，尝试过很多曲子，都不会弹，弹来弹去就只会一首《天鹅》。我又冷笑一声，问他，你编完了吗？他表情淡定，两手一摊。我说："你跟我编科幻小说？啊？我跟刘慈欣吃过饭，我跟韩松爬过山，我有个最好的朋友是神经学博士，你小子想拿这么老的科幻点子蒙我啊？"其实这些都是吹牛×，除了神经学博士之外。这也没把他镇住，他还是跟没事人一样，一点儿谎言被拆穿的羞耻感都没有，显然是被拆穿太多次了。

这件事后来成了我的心病，我总想拆穿他。比方说，我找机会带他去有钢琴的种种场合，拜访会弹琴的各路朋友，我甚至借了一架电钢琴放在茶水间里。但是他的表现欲控制得太好了，要么死活不弹，要么被我软硬兼施，无奈之下也总是一首《天鹅》。会弹琴的朋友纷纷提出了疑点。疑点一：如果是小学前的肌肉记忆，那应该恢复到小学前水平，但这弹得也太好了。这音量起伏，这情绪控制，这忧伤的气息，怎么可能是小学生弹出来的？疑点二：哪有学龄儿童学钢琴学圣桑的？钢琴老师都不喜欢圣桑，他们就认得肖邦跟莫扎特，小学生最多也就学到土耳其①。我扬起脑袋回想了一下，我学琴那会儿确实学到土耳其就学不下去了，因为后面太难，而且关键是太难听了。我一听见这曲子就想吐。后来我虽然没撞到脑袋，但琴在一次搬家中摔坏了，所以我也没继续学。

接下来的日子里，杨百城的潇洒和淡定逐渐被焦虑取代了。我想起来他拿了人家姑娘的地址，就起哄道，你不会是真想去参加弹琴聊天活动吧？你坐在那儿，来我给大家弹个圣桑，然后，没有了，这像话吗？就算去的人多，你这次糊弄过去了，下次

---

① 此处指莫扎特《土耳其进行曲》。

呢？你跟人家姑娘认识了，早晚让人发现你是个单曲王，要是我可丢不起这人。杨百城沮丧地抱着脑袋，完全没有反击的意思。我说这些的原意是激怒他，我觉得重压之下，他早晚一跃而起，冲进茶水间，怒弹一段《月光》第三乐章，结果并没有。如果这全是有计划的表演，那么表演就是他的第二项业余爱好。

下班以后他还真去了茶水间。我一阵狂喜，蹑手蹑脚地跟进去偷听，结果他单手弹了几个不成调的音之后，头也不回地问我："师父，你说我要在两周之内学会一首别的，有戏吗？"我十分狼狈，干咳了两声，正色道："当然有戏，我们来弹一个《快乐的农夫》吧！"杨百城摇摇头："这不行，得弹一首有格调的，还得好学。"我说，那《月光》第一乐章怎么样？他想了想说，应该不难学会，但是只要弹了这个，人家肯定会起哄让我弹二、三吧？我倚门不语。过了一会儿，他抬起头，一双浓眉皱在一起，叹道："我做梦都梦见我在她和朋友面前，弹《月光》三，像巴克豪斯那样弹，弹得通身是汗，头发上都挂着汗珠，随着身体四面八方地飞舞。"我说，你试试，没准儿你牛逼的肌肉记忆能突然掌握《月光》。他低下头，手放在键盘上，琢磨了半天，弹起《天鹅》来。

后来几天，我听见他下班和午休的时候在练习一些小夜曲之类听起来简单的东西，简直没法听。我想，这如果也是表演给我看的话，那他不但表演过关，还懂编剧，知道怎样的有效细节能够塑造一个悲剧人物。此时，我已经倾向于相信他真的只会一首《天鹅》了，但是我依然不信什么"肌肉记忆"那些狗屎。两周以后，他不再练别的曲子了。又过了一周，他连茶水间都不进了，这差不多也是我听《天鹅》而不呕吐的极限了。周五我问他，你还准备去丢人吗？

他抬起头，发了一会儿呆，然后问我："师父你读书多，你知道有什么书里，或者历史上，有这种第二天就上阵，头天晚上还没准备好的例子吗？"我歪头想了想，一砸手心道："有！我读过一本书里讲道，一个玉雕师傅，第二天就要交一座耗时三年的大型玉雕，结果头一天死了，死的时候还把玉雕给撞坏了。"杨百城忙问，后来是怎么解决的？我说，后来他们家倒闭啦。杨百城怒道："你甭激我，去就去！"说罢摔门而去。我一脸错愕，心说你这到底是怎样理解的啊。

前辈告诉我们，带好一个徒弟，重要的是阻止他干蠢事，而不是跟他一起干。我不是一个好师父，我跟他一起去了。那是个秋天的午后，干燥凉爽，太阳很高，云流得很快，天气令人联想到上学时没有作业的星期六。琴房里除了乐队的女孩外，还有四五个姑娘。早知道都是女孩我就不去了。进门的时候，一旁的女孩竖起食指，示意我们小声点，有人正在弹琴。杨百城摸了把椅子坐下，就再也不动了。他完全被弹琴的姑娘吸引住了。姑娘那天穿了一身黑，结束整齐，干净利落，正在弹一首很快、很华丽也很难的曲子。旁边的女孩把头凑在一起低声聊天，或吃葡萄。我傻站着没敢动，手脚没地方放。一曲终了，姑娘回头看见我们来了，眯着眼睛笑起来。"这就是我跟你们说的那个天才！"她介绍着，身子转了一圈，像在跳一种调皮的舞蹈。我向大家微笑点头，没人看我，都看杨百城。这厮满脸通红，挠了挠头，不知道说啥。

"来，咱们弹琴吧！"姑娘拉了拉琴凳，拍了拍。其他女孩笑着鼓起掌来，说些半生不熟的玩笑话。我跟杨百城根本没听进去，杨百城一语不发地坐了过去。我替他捏一把汗，然后他开始弹《天鹅》。其实那个场合如果弹圣桑的其他任何一首作品，跟杨百城那张绷得五官移位的脸配起来都棒极了。乐队的姑娘对朋友悄声说："上次弹的就是这首，你仔细听啊，那画面感，嗯——神了！"这话不巧被我听见了，我心情复杂，捂住眼睛不敢看。

《天鹅》顺利弹完了，弹得流畅、理智而又情绪饱满。也许这真是肌肉记忆，单曲之王又一次证明了这一点。我祈祷着：快站起来，笑一笑，或者拱一拱手说声"承让了"，然后给我滚一边去！结果事与愿违，杨百城腰杆笔挺，就跟来面试的时候一模一样，坐在那里老僧入定。半晌，他哆里哆嗦地回头看了看我，说道："师……师父！"我用口型无声而缓慢地怒道："滚蛋！"然后冲女孩子们咧嘴笑了笑。我也不知道我为什么笑，我太紧张了，不知道怎么办。要命的是，那姑娘终于还是说了那句话：

"弹得真好！再弹一首，好不好？弹什么呢？"

杨百城举起双手，落下，又举起，然后颓然垂在身体两旁，低头不语。一会儿，他抬起手，放在 G 调上，又放下了。一会儿放在 D 调上又垂下去了。我的心提起来又放下。我安慰自己，就算他弹《快乐的农夫》，以我之深厚功力也能插科打诨地给圆过去，不至于太丢人。可别弹《月光》啊！我正想着，音符从钢琴里跳了出来。

先是几个小节低音区的前奏，鲜明、强壮、力道十足，接着是主旋律。非常熟的旋律。主旋律起来的时候，杨百城放下了左手，只用右手弹着，右手弹起极高，落下极有力，每一下都直击在心脏上，但很快又变得像在轻柔地叙事。同时他扭过头，露出了一个奇怪的表情，那是一种错愕和惊恐与庆幸和兴奋交织在一起的复杂表情。以上是修辞手法。其实当时我根本看不出那个怪脸是什么意思，只觉得他神经病犯了。然后，他一边弹一边说了一句蠢话。

"师父，"他右手时而节奏鲜明、时而起伏连绵地弹着，"这啥啊?！"

这句话把所有人都弄糊涂了。

　　然后他扭回头，加上左手，专心致志地盯着键盘弹起来。女孩们开始低声叫起来："这是四手的《军队进行曲》啊！""对啊，这右手的颗粒感也太强了！""哎，你快去弹四手啊！"乐队的姑娘开心地"嗯"了一声，跑过去坐在琴凳上。杨百城往右挪了挪，手里的琴声丝毫没有中断。他好像已经不那么惊慌了。他闭着眼，眼前大概浮现着梦里自己弹《月光》的样子。他穿着一件短西服，白衬衫袖子整齐地露出一截，灵巧的十指在前面飞舞，时而温柔地爱抚黑键，时而果决地敲击白键。那旋律极干净、极清冽、极冷静，但又不冰冷，不晦暗。那种跳跃和起伏，让人联想到弹跳的玻璃珠、从袋子里成堆滚落的钻石和杯子里的冰。A段结束时，姑娘抬起右手，杨百城的左手来到低音区，两人的手臂像两只天鹅一般优美地交叉了一会儿，表现出惊人的默契。主旋律回来了，两只右手在两个键区上跳着一样的舞步。一个短而有力的休止符，两人同时把手从键盘上移开，放在腿上，又同时回到键盘上继续跳舞。在那个休止符上，所有的人都眉毛一挑，除了没看出其中妙处的我。我没看懂，只觉得太帅了，坐在那儿的要是我就好了。

　　这首曲子弹完，没有人鼓掌，所有人都发出低而悠长的"噢"的一声赞美。姑娘站起来，漂亮的大眼睛里放着兴奋的光，她等着拥抱杨百城。结果谁也没想到——包括我——杨百城一步跨过琴凳，噌噌噌跑到门口，一把抱住我，大吼起来："师父啊！这是啥啊！吓死我啦！"涕泪交流。我两眼上翻，双手摊开，活像托着一口看不见的大锅。

．

关于"肌肉记忆"，我曾经找各个专业的人求证过，没有得到科学的证实。可能我找的人不对。比如前面提到过一个神经学博士，他是这么说的：那不是肌肉的记忆，记忆在大脑皮层里。大脑的特定区域受到刺激，有时会发生远久的记忆突然恢复的情况；具体到杨百城的情况，他小时候头摔伤过，可能颞叶①受到了损伤。但这依然无法解释一个学龄前儿童拥有这等水平，还能在场面马上就要不可收拾的时候，恰到好处地恢复出一首四手联弹来。

博士说，这可能还是颞叶的问题，颞叶受伤或存在肿瘤的病例中，确实有一些产生了前所未有的音乐创造力。有些音乐天才患有颞叶癫痫。据说拉赫玛尼诺夫的颞叶附近有一块弹片，他一歪头，音乐就自己冒出来。这件事我在别的书里读到过。权当它是真事，但能解释杨百城的四手联弹吗？我想不清楚。

婚礼上，杨百城继续介绍说："要没有我师父的冷嘲热讽和坚不可摧的怀疑精神，没有他陪我去赴一次重要的约会，没有他站在那儿给我底气，我也不会娶到这么美丽的新娘。"我捂着耳朵不忍听这些肉麻话。这些话不仅肉麻，还很麻烦，因为大家马上就要来追问我这

———————

① 颞叶：大脑的一个区域，负责处理听觉、情感和一部分记忆。

些事情是怎么回事了。再往后都是些陈词滥调，海誓山盟，更加肉麻，我没有记住。不过，我确实觉得这件事里我的功劳还是挺大的，大概可以排第二位，仅次于颞叶。

婚礼结束后，我没有直接去开车，坐电梯上楼上商场里逛了逛。在一家琴行里，我看看四下无人，就拉了把凳子坐下，把手放在钢琴键上，等着"肌肉记忆"冒出来。等了一会儿没有，本拟放弃，转而一想，会不会是调不对？换了个键位，摆了一会儿，还是不对。我翻了翻白眼，两手一分，随便往键盘上一放，脑袋里什么都不想。突然间，我觉得我应该左手如此，右手这般，往下一按，声音还挺和谐的。我还没来得及吃惊，曲子就源源不断地弹出来了，后面的事情我完全控制不了。先是四个小节递降的轻快伴奏，接着是轻松诙谐的主旋律。弹着弹着竟然还出了变奏，在里面夹了一两句《多瑙河》，一两句《拉德斯基》，一两句《欢乐颂》。我没有受过专业训练，手指很软，没有力量，在这种不科学的力量下很快就疲劳了。但是我完全顾不上疲劳。我左看看，右看看，因为我完全不需要看键盘。越来越多的顾客和店员加入了围观，说说笑笑，有的还打拍子，完全都打在脚后跟上了。我头晕目眩，口干舌燥，最后用极大的力度给这首曲子划了个干脆整洁的休止符，然后双手一举，做了个乐队指挥收尾的姿势。

"我操，"我在一片掌声中，发自肺腑地大叫道，"这啥啊？"

一手遮天吴大拿

　　我认识吴大拿时，她还有两只手。严格来说，我跟她并不算认识，或者说，那时候我们村跟南边邻村的所有人都互相认识。吴大拿这个绰号也是她丢掉一条胳膊之后得到的。一般来说，在农村，有外号的人都是传奇人物。比方说，我们庄有个老头叫魏喇叭，他是吹鼓手，唢呐吹得最好。村里的老太太为了听他吹唢呐，天天咒这个死咒那个死，好让人家办白事请吹鼓手。我们南边这个庄叫南菜园儿，南菜园儿有个吴大拿，十里八乡都知道。而且，她在获得这个外号之前就驰名宇宙了。

　　吴大拿本名叫什么我们都忘了，在吴大拿之前，人们叫她吴大力。显然，吴大拿这个名字跟她丢了一只手有关系。关于这只手的事情，慢慢就会讲到了。现在先讲讲吴大力的事。

为了避免被这个名字误导，首先应该说明其性别——吴大力是个粗豪的莽妇。其人头如麦斗，眼赛钢铃，肩宽背厚，肚大十围；她的衣服都是买料子自己做的，因为县城里买不到她那个尺寸的衣服。她的两条胳膊像四节粗壮的毛竹接驳而成，关节处形成一对奇妙的小坑儿；末端两个拳头皮锤相仿，只要照你头上来一下，保证做个全堂水陆道场。不过这是想象，我还没听说过谁真的被这对拳头打过，而且你只要见过农村妇女打架就会知道，拳头其实不是最重要的。

既然被称作吴大力，其力大自然是出了名的。过去各家的耕地还比较多的时候，秋天打了麦子或收了棒子，南菜园儿村的人总能看见一位胖大姐轻松地推着一辆独轮车，车上堆着违背常识的巨大粮堆。如果你没推过这种车，你很难想象推一辆车能费多大的力——这种独轮车是木轮子的，我一直不能理解为什么在二十世纪末的北京郊区竟然还有这样的生产工具，但它确实存在，且真的很沉。这种车是用一巴掌见方的实心儿木料拼接而成，我猜那个可笑的没有胶皮的木轮子就有上百斤重，空车怕不有两百余斤，否则也搭不了山一样的粮食。那时候，吴大力还有两只手，她可以轻松自如地装卸这一车的粮食，再从菜地穿过长长的大街推回自己家去。

　　吴大力的儿子跟我差个六七岁。我小时候，见过吴大力带着孩子下地干活，场面颇为奇特。为了不耽误干活，吴大力发明了一种充满智慧的装备，能把儿子挂在屁股后面。此人屁股极大，儿子背靠屁股坐在其上，怡然自得，常常挥舞双拳嘎嘎傻乐。据说，其灵感来自南方的一种背篓，劳动妇女可以把孩子放在里面背着干活，但仅限于摘果采茶一类。吴大力听一个走过南方的老人说，有的妇女背着孩子插秧，一弯腰，孩子扑通一声掉出来一头插在了水田里，真是太可怕了。经过改良，她就发明了这种挂在屁股上的背带。这就是死了男人的寡妇带孩子干活的方法。不过，吴大力一点儿也没表现出什么难堪来。

　　关于她男人的死因，我是长大以后才知道的。事发时，俩人都在地里收棒秸子。这片玉米地外面是街坊二福子家的地。二福子家有点儿钱，不知道哪儿弄来一辆小型玉米收割机。如果这是电影，此时必要给收割机前面那个布满锯齿飞镰的大滚筒一个阴森森的特写，预示着不祥之事即将发生。可惜这不是电影，彼时，大家还都用镰刀加脚踹的方法收棒子，意识不到这东西的危险。收割机开过来时，吴大力的爷们儿正背对着它弯腰干活，也不知道怎么就一屁股坐进了滚筒里，身体立刻被对折，然后被切成了乱七八糟的形状，只剩头、肩、两臂耷拉在外面。

　　这事儿最后没打官司，似乎由大队调解，定性为事故，赔钱了事了。大队什么都能调解。我觉得把南菜园儿大队派到索马里可以解决很多问题。总之，这是最好的结果，因为如果两家闹翻了，肯定还得出一条人命。据说吴大力赶到出事地点时，手里正抄着那把家传的镰刀，光闪闪夺人的二目，冷森森耀人胆寒。见了男人惨状，吴大力更不打话，亦不哭闹，抢起镰刀就找二福子的脖子，一道冷光过处，二福子抱头弯腰躲开了，咔嚓一声削下收割机一面后视镜来。二福子躲进驾驶室死活不出来，吴大力几镰刀把铁门豁了横竖好几道口子，所幸没豁开；接着她又发狂地推收割机，一推两推，收割机居然左右晃了起来，得亏被婶子大娘及时劝开了。要我说，这种场合，胆儿最肥的还是婶子大娘。

　　吴大力这把镰刀有很多故事，传说是明朝末年起义军中的高手打造的，切金断玉、削铁如泥，割棒秸子如分秋水，断处不起毛茬儿，不飞碎末儿。这个说法有几分道理，农民起义军用镰刀当武器有很强的伪装性和极高的熟练度。年轻时，吴大力手持这把镰刀，专门为村里的妇女打抱不平，动辄就要阉了谁谁谁。跟人动起手来，吴大力膂力惊人，镰刀又极快，寻常的铁锹杆儿一刀两断。这种场面发生在电影里，你不觉得稀奇，若发生在眼前，管保目瞪口呆，接着丢下铁锹就跑。几十年里她只栽过一次跟头，说是遇见过一个卖甘蔗的老头儿，要对她进行说服教育，结果说翻了脸，也不知道用什么把镰刀尖儿给削下去了，这件事从没有人听她详细讲过，成了千古之谜。

　　二福子家赔完钱，穷得连叮当响都没了，其媳妇立马像国产剧本写作法则规定的那样跑了，留下个三四岁的女孩儿。收割机也卖了。这下村里人长出了口气，觉得这个恐怖的机器终于离开他们的地头儿了，结果好景不长，第二年夏秋之交，沿着省道开来一辆辆崭新的大型联合收割机，一路出租，且收且走。据说这种收割机能一路南下收到江西附近，再兜个圈回来。地里的事儿，我不太明白，总之这种比二福子那辆恐怖十倍的加强版收割机不知被什么人租了回来，出现在大家的地头儿上了。每当此时，吴大力就赌气似的迎头而上，镰刀闪耀着死亡的光辉，似乎在向联合收割机示威。

　　事情就发生在她当了寡妇的第三年。当时正值秋收，北京郊区种些什么乱七八糟的东西，我也弄不太清楚，总之地里有两三辆各种形状大小的收割机在往来交替地工作，一时间杀声四起，柴油机冒出的烟和收割机卷起的茎叶碎片遮天蔽日。吴大力跟收割机有仇，当然不可能去租这东西。她也是为数不多的在地里挥舞镰刀的人。她挥动着小象腿一般的胳膊，抡动着闪着寒光的没有尖儿的镰刀，随走随割，随割随踩，在身后留下一排整整齐齐倒成"人"字的棒秸子。从上俯瞰，其景象就像一条黑黝黝的巨鱼劈波斩浪地在金黄的海涛中畅游，又似一条在身后拖着笔直航

迹的驱逐舰。恰逢此时，在眼前一人多高的棒秸子的缝隙里，在
有节奏地一起一落的镰刀所拖曳的蓝白的光轨的缝隙里，她看见
一个矮小的人影，穿过棒子地，迎着轰鸣的收割机跑了过去。可
以想象，吴大力虽然没有亲眼看见收割机卷死她爷们儿，但那个
静态的 cult（血腥暴力）场面肯定给她留下了极深的印象和阴影。
可以想象，虽然收割机的轰鸣声震天撼地，吴大力还是能清楚地
听到小孩子踩着秸秆的咯吱声。可以想象，在她家地里出现的小
孩的身影、收割机散发着死亡气息的布满刀片的滚筒和踩秸秆的
咯吱声，一瞬间在她脑海中混合成了一个何等恐怖的场面。

　　当然，像吴大力这种村妇，是不会表达恐惧的。我所见过的
村妇，表达喜怒哀乐惊恐悲，基本都是靠骂大街实现。骂街的语
调音量不同，表达着不同的情绪，但构成骂街之主要词汇，差不
离总是那么些。此刻，吴大力发出响彻四野的吼声，怒挥镰刀，
大步向前，势如奔雷地穿过荆棘丛一般的玉米地，来到收割机前。
当她看清那个孩子是谁时，收割机已经举刃相向了。吴大力骂着
三字短语，把镰刀往地下一甩，镰刀"哧"的一声插进去几寸深。
她脚下不停，右手顺势揪住小孩的领子，凭着她那个油桶般的身
躯的重量，猛一转身——吴大力的身体结实饱满，除了胸前那两
个累赘以外，全都坚硬似铁。用句名著中的描述，这是一个巨大
而残忍的身躯。这么一甩，那孩子便向与收割机相反的方向飞了
出去，喀喇喇地穿过玉米地，不知道掉到哪里去了。

与此同时，吴大力在一瞬间变成了后来的吴大拿。借着一转身之势，她把孩子甩了出去，但自身巨大的惯性让她继续旋转，为了保持平衡而本能伸出的左臂插进了收割机的滚筒。收割机为了剧情需要，配合默契地轰然落下，以一个匪夷所思的角度绞住了吴大力的左臂。其角度十分诡异，恰好在卷入大半条胳膊之后卡住了，大概连柴油发送机也无法征服吴大力铁塔般的身躯。

吴大力的儿子哗啦哗啦地扒开玉米地冒了出来，一看眼前的景象，先是愣了一下，接着哇哇大哭了起来。小男孩的哭声绝对可以名列最令人崩溃的十种噪声之首。小时候上乐理课，老师为了讲清乐音与噪声的区别，用录音机播放了好几种噪声。当时要是播这种哭声，我们一定都能爱上音乐，因为相比之下乐音实在太美妙了。总之，即便是身负重伤神志恍惚的吴大力，也无法忍受这种哭声（说不定这也帮助她从昏迷中挣扎出来）。她使劲甩了甩头，让自己稍微清醒一点儿之后，大骂道：

"哭你妈×！熊×孩子，把镰刀给我！"

这句话中包含了她表达情绪必须要用的四字成语、对儿子的爱称，以及在这种紧急危重关头做出的一个勇敢而正确的临场决策。熊×孩子又哭了一会儿之后，一看妈妈的脑袋渐渐耷拉下来，眼睛也快合上了，赶紧抄起地上的镰刀，递到吴大力的右手里。吴大力的手一碰到刀把儿，精神为之一振，顿时扬起了头。她看了看自己的左手，简直无法直视，而且稍微一动，无数个形状复杂的巨大伤口中就一齐向外喷血，地上已经积起了一小摊。收割机司机晃晃悠悠地下了车走过来，张着嘴站在一旁，一句话也说不出来。吴大力好容易定了定神想说句话，忽然把镰刀举过头顶，更不迟疑，"唰"地就是一刀，接着撒手扔刀，轰然倒地。在当场的所有人看来，此处绝对是每秒 60 帧的 1/8 速慢镜头。

技术上讲，要切断吴大力那么粗的胳膊，镰刀需要经过衣服、皮肤、肌肉、脂肪、骨骼等很多层，如果角度不佳，还可能挂在收割机滚筒的刀杆上而切个半死不活。那可真是人间地狱。吴大力决定举刀断臂时，一定在一瞬间进行了一系列复杂而纠结的思考。比方说，如果不切断它，有多大可能留住这条胳膊；等卫生队的人来之前，基于当前流血和凝血的速度，会流失多少 CC 全血，占身体血液的多大比例，是否有生命危险；切断胳膊后，现场的人（儿子、司机和陆续赶来的街坊）是否有足够的急救常识能帮自己包扎止血；如果不能，自己能否获得足够的肾上腺素来对抗剧痛和昏迷，诸如此类。更大的可能性是，她什么都没想，甚至连在哪儿下刀能最大限度地保留残臂都没想过。因为剩 20 厘米跟剩 30 厘米是没有什么差别的。吴大力其人，大字不识几个，更不可能有什么医学知识，她很可能只是在想：×你妈，老娘才不会死在你手里！

在她倒下的时候，那个被扔出去的小孩满脸血一脸泥的从玉米地里爬了出来。吴大力眯缝着眼睛看了她一眼，无声地念了一句："× 你爹，小福子——"接着便不省人事了。

小福子是二福子的女儿。这家人的名字非常之乱，二福子他爸据说叫三福子。如今，小福子已经长成大姑娘了。要是没有吴大力，这小妮子不是死在收割机里，就是死在拖拉机下。这是后话，暂且不表。且说吴大力丢了条胳膊之后，二福子对其女儿的救命恩人感激再三，但也委婉而清晰地表示没有钱赔给吴大力瞧病了。这厮把吴大力瞧得太扁了，依我看，说不定哪天他非死在吴大力手里。这事儿没有发生在我今天的描述里，不代表它不会发生。

过了几年，吴大力的地被村里引进的彩钢厂厂房占了，给她换了一块离家近的地。吴大力改种西瓜，因为这对于单手操作来说难度要低一些，具体什么原理，我也不懂。有一回，村里不知从哪里来了个节目组，带来了几个外国壮汉。这群汉子每个看上去都有三百来斤，又高又壮，那胸肌让人看了就忍不住想照上面来一钢筋。节目组又是摄像机又是麦克风，把全村老少都引了来，像一群羊一样跟着节目组迤逦而行，找到了吴大力的西瓜地。吴大力种的西瓜品种，以个儿大著称，每个都有小二十斤。节目组来时，吴大力的儿子正在地里看瓜，他娘不知道去哪儿了。节目组没辙，只好跟这小伙子商量，能不能借一些已经摘了的瓜做节目，他们想让这些外国大力士跟村里的壮汉子们比试力气。他们找来几个大筐，往里装尽可能多的西瓜，轮番抱筐绕圈走，看谁抱得多，走得远。正在外国壮汉面红耳赤地抱着大筐绕圈时，吴大力回来了，一看这么多人抱自己的西瓜，当时就急了，怒道："滚蛋滚蛋！别跟我这儿起哄！"壮汉虽然没听懂，但也知趣地把筐放下了。吴大力瞪了那汉子一眼，蹲下身，一只右臂揽住大筐下沿儿，轻轻松松一直腰，扛起来就走，把几个中外壮汉惊呆了。农村妇女不会尖叫鼓掌，只好按照惯例此起彼伏地发出了"嗷！嗷！"之声，目送着吴大力扛着西瓜的背影，像在看力挎双虬的李元霸。

这以后，吴大力就改叫吴大拿了。显然，她本人并不怎么在意别人怎么叫她，对此也没做出什么反应。起外号的人不过瘾，又在前面加了个不怀好意的诨号，叫"一手遮天"。吴大力依然不理不睬（我们则依然习惯称之为吴大力），只管种她的西瓜。依我看，她选择种西瓜的原因，并非什么单手操作问题，而是西瓜不能用收割机收，所以这块地上不会出现收割机那死神般的身影。吴大力在地里干活时，每当道上有拖拉机路过，柴油机发出突突突的响声，她准会立刻从腰里抽出镰刀，拎挲臂膀四下张望。按照"狼来了"的理论，两三次之后她就会放松对柴油机的警惕，但她没有。她的警惕性一直保持到今天。多亏了这种饱含着自己爷们儿和一条胳膊的怨仇的警惕性，出事时她才能第一时间赶来。

而就像"狼来了"原理失灵了一样，概率在这件事上也失灵了，因为出事的又是小福子。

吴大力听见柴油机声时，就警觉起来。及至听见了女孩的惨叫声、老娘们儿分不清是欢呼还是尖叫的噪声时，她本能地拔腿就往路边儿跑。道上铺着一片玉米豆儿，一辆拖拉机大概是正在执行反复碾轧的操作，结果似乎是在倒车时撞倒了小福子。巨大而残忍的轮胎把小福子的一条腿死死轧住之后，拖拉机突然熄火了。在我印象里，拖拉机熄火的概率比它能正常点火的概率大得多。开拖拉机的也是个妇女，她一边大呼小叫，一边使劲拉点火用的拉绳，但发动机就是不肯赏脸。用这种方式启动柴油机，我活了三十几年，就没见成功过。小福子叫了几声，声音愈发微弱，等吴大力赶到跟前，她已经叫不出声来了。

吴大力看了看小福子，突然间把镰刀往腰里一插，转身就往地里走。附近的婶子大娘赶紧上前把她揪住，叫道："吴大拿！救人哪！"吴大力说，这小丫头片子是他妈的丧门星，老娘不管了。婶子大娘又说，哪能不管呀，别不管呀！你力气大，从后面推一下，腿就能抬起来了！吴大力说，这么大的胎，我这一推还不把腿碾碎了？还不如我给一镰刀呢！说着又抽出那柄恐怖的大镰刀来。说实话，我没学过心理学，但我觉得这人一定有什么病，割断自己胳膊的镰刀还随身带着。吴大力一说镰刀，小福子本来已经虚弱的叫声突然又高亢起来。你知道，女孩子的哭跟男孩子的哭绝对是天差地别。如果哭得有技巧有天分，完全可以使其成为一门艺术。吴大力想了又想，叹了又叹，最后把镰刀一插，说出一句疯话来：

"我把拖拉机抬起来，"她说，"你们把她拖出来。"

那时候农村用的拖拉机已经小型化了，不像我小时候看到的是那种变形金刚似的东西。但是这东西看起来仍然很沉，沉到你根本不需要去考虑用人力撼动它的可能性。它的一个轮子就有齐腰高。我曾经给我的车换过轮胎，一辆越野车的轮胎都得憋口气猛一使劲才能拎起来，何况这么大的胎，四条，镶在一堆显然货真价实的钢铁架子上。但是，吴大力的语气、姿态和动作，根本不容置疑，不容犹豫。她走到拖拉机前，弯下腰，右手扳住车下的踏板。她看了看小福子，恶狠狠地说："×你爹！"

她双脚在地上挪了挪，把一小片地方的玉米粒踢干净，踩牢，深深吸了口气。她又看了一眼小福子，冲她点了下头。从小福子的角度看来，吴大力背后一定有一个圆形的橙色光圈，而吴大力本人也势必变成了一袭白衣手持玉净瓶的样子。而在四周的姊子大娘看来，吴大力后背上的结构突然发生了令人目眩的立体几何形状变化，巨大的肌肉在衣服里四下游移。突然，吴大力发一声喊，其喊声类似于"Yeah（好）"，粗壮的右手撑掉了袖口的扣子，身体轮廓周围的空气都微妙地扭曲了一下，拖拉机应声而起，巨大的轮胎离开了地面，离开了倒霉催的小福子的腿。

　　这件事以后，二福子没有再登门道谢。我估计这一来是因为两家的恩怨已经太深太复杂，用嘴说不清楚，按照他的思维方式，恐怕只能用钱说话，而他没钱；二来这次吴大力没受什么伤，且借由此事获得了巨大的美名，后来还上了电视和报纸，对此，他二福子没有什么需要歉疚和解释的了。在附近几个村里，这事儿传得颇广，对二福子和吴大力的评价自然也是见仁见智。报社记者来采访，问吴大力，救人时的心理活动是怎样的。吴大力想也没想就说："我就想试试能不能把拖拉机抬起来。"记者差点儿没噎死，忙往正路上引导："你是不是想，要是能抬起来，就能挽救一条鲜活的生命？"没想到吴大力一撇嘴，大声道："别×××了，谁××救那××××啊，我×××啊！"此处专业术语过多，就不一一赘述了。这是真事儿，很多婶子大娘在场，传出了一致口供。要让农村婶子大娘对一件事有相同的叙述，这件事非得特别真才行。不过我想，吴大力既然能在断臂的瞬间做出临场决断之前进行那么复杂的思考，救人前一定也思考过了。要不就是两次都没思考。她这种人脑子里想些什么，谁也不知道。

零度之王邱海恩

　　我最不愿意干的一类事情，是"冒名顶替做某某事时被当场抓获"。时至今日，一想起这种事——无需什么具体的例子——我就脸红心跳。实际上我干过两次这种事。一次是替别人考试，那次真是有惊无险。好在一来不是考什么国家证照，二来考场遇到贵人——监考老师走过来小声跟我说："后面那个是我侄子，你写完了，让他看看，中午咱们喝酒。"第二次是帮人打比赛。我的朋友看到这里一定会拍案大笑：就你这水平还帮人打比赛哪？这事儿说起来真是催人泪下，要不是我那个朋友自己凑不成一支篮球队，也不会发生这种事情。这次同样是有惊无险，就在我即将被当场抓获的时候，场上出了更大的乱子，我得救了。这个乱子一会儿就会讲到了。找我帮忙的这人叫邱海恩，我高中时就认识他。现在先讲讲他的事。

我高中开始打篮球，打得很烂，上不得台面。而且我身体瘦弱，经不起冲撞，所长只有一项：跑得快。然而这也没用，你徒手跑得快，不代表你运球能跑得一样快。体育老师告诉我：你弹跳还行，练习抢篮板吧！就像罗德曼一样。后来我发现我上当了，一支篮球队里专门抢篮板的那个人，确实不一定是最高的，但一定是最能打的，就像冰球比赛里那个专门打架的人一样。每次跟外校打球，必然打架，打起架来我又不是对手，十分丢人。所以抢篮板这条路也走不通。最后我另辟蹊径，苦练跳投，终于练成了一手不科学的高命中率中投。到高二时，我在光线良好时正面中短距离无人防守的投篮命中率已经接近100%，这是一件非常可怕的事情。夏天的中午，我一个人在球场上练中投时，常常引起围观。你看见一个人在投篮，连续投了十个都中了，这确实匪夷所思，很引人注目。遗憾的是，这依然不能实战。因为在实战中，首先光线不一定良好——其他不可能那么良好的条件就不啰唆了。没有那么多机会让你正面中投，实际上我这个水平的球员连拿球的机会都不多，因为我运球总是丢。

我简直对自己绝望了。就在此时，我发现了一件不公平的事情：学校里出现了一个身材跟我差不多的家伙，也只会一手儿中投，然而却能所向披靡。他一上场，立刻欢呼声四起，那场面就跟他已经登上月球表面差不多，就差在对方场地上插一面旗子了。这太可气了。就连放学以后在门口抽烟的学生议论的都是他。他出现了没多久，在我们学校，乃至附近一带打篮球的人中间，就成了江湖传奇。其成名的速度和方式，盖与神雕大侠相仿。

那时候我时常思索这件事。我们的身体素质差不多，而且那孩子看起来比我还要文静一些，显然不是擅长打架的主儿。我们唯一的傍身之计就是中投。若论命中率，100% 跟 100% 还能有什么差别吗？当然，他的抗干扰能力比我强，但我可以用篮板和突破能力弥补，综合得分应该是差不多的。你看，年轻人欺骗自己的过程就是这么简单。我甚至从来没想过他比我帅这个因素。邱海恩皮肤很白，运动之后又会变得红扑扑的；眉骨很高，夏天正午的时候，他的眼睛就是两片神秘的阴影。他留一头柔软的长头发，从顶心直达颈后，奔跑或快速转身时，那些头发就会像闪着光的芭蕉树叶子一样飞起来。他比我还瘦，胳膊细得让你不忍心碰他，但投篮很有力，从三分线外跳投也不显得很吃力。

毕业前，我们跟分流班打了一场。众所周知，分流班这个万恶的组织形态，实际上都是由跟我同一个年级的好兄弟组成。在当时的我们看来，打球好的都被分流了，不会打的都留下来了，介于打得好和不会打之间的——比如我——后来则留级了，彼时还没放假，我对此事尚蒙在鼓里。邱海恩从另一个班被分到了分流班里。因为分流班强手如云，一个班就可以对抗我们整个年级（最后还大比分赢了），所以邱海恩跟我一样打替补。等到首发队员不是犯规满了就是体力透支之后，我跟邱海恩才磨磨蹭蹭地上场了。那时候比分差距已经太大，进入了垃圾时间，所以没什么人认真防守。我一拿球，就往弧顶跑，然后一个跳投，进了。如此往复。那时候，光线好，正面，中短距离，无防守，简直太舒服了，我一下子成了英雄，打出了NBA般的小高潮，得了十几分。但是气氛并没有因之变得紧张起来，因为比分差距显然没有缩小。对方有个邱海恩，跟我发挥着一模一样的作用——比我还稳定，真正的100%。我们知道，一般说一个选手命中100%都是恭维之词，谁也不能一场比赛或者一辈子都保持这个命中率。但是邱海恩那天真的达到了100%，他出手11次，得了25分。请问其中有多少个两分、多少个三分？总之，我俩一上场，双方选手就达成了惊人的默契，把我们这个体格的放在一边没人管了。我们只好互相防守对方，但也只是做做样子。我每次一拿球，邱海恩就冲我微笑。那种微笑的内容是这样的：如果你中投，我不防你，因为我马上也可以进一个，而且我比你准；如果你企图做假动作突破，做梦。总之是一个内涵相当丰富的微笑。一开始，我并不准备认真防守他，但眼看着我得的分都被他两分两分地拿回去，我有点儿生气了。这还是默契的好朋友吗？其实那时候我们还不算认识。

　　于是我开始防守邱海恩。这一防可坏了。他露出了另一种微笑。该微笑的内容是这样的：哎哟，不错哦，那我也认真一点儿吧！然后他不知道怎么一晃，我差点儿坐地上，他就像头野驴一样越过我，又绕过两个防守队员，还做了个分球的假动作，然后连跳都没正经跳，在三秒区里象征性地颠了几下，就把分拿了。所有人都被他耍了，包括分流班的人！有那么几秒钟，大家呆若木鸡，觉得看到了另一个邱海恩。我们年级的前锋一拉我，那意思他来防邱海恩。

　　结果邱海恩再一次变身了，他又露出了第三张脸。真的，当时我们的感受就跟小时候第一次看到变形金刚里出现六面兽一样，满嘴的脏话吐不出来，简直要憋死了。邱海恩这时开始拿球专跑底线。一开始我们以为他要分球助攻，但每次他都跑到最让人想不到的那个角度，跳起来投三分。唰，唰，唰。我站在中线上，既不进攻，也不防守，因为我完全傻了。实际上场上的人都傻了。因为那个位置是三分线和底线的夹角，俗称"零度区"的地方。没有实际试过的人可能缺乏感受，在这个地方投篮，有一种奇怪的绝望感，因为你面前只有篮筐，没有篮板作为参照物。零度角投篮是很难的，一般我们都会选择规避这个角度。相对应地，对方选手被迫在这里出手时，我们防守也不那么严密，而是把更多精力放在即将产生的后场篮板上。但是邱海恩专门选择这个位置，连续出手三次，而且都是三分。零度三分球是非常难中的，但是外行看不出门道，所以每中一个，场下的欢呼声并没有特别热烈。这也是因为当时他们已经领先太多，对得分没有什么期待了。这种场面看得我干着急，所以第三个零度三分球进了之后，我不由自主地在中线上喊了一声："牛×！"为此，我后来付出了惨重的代价。

　　现在想来，我跟邱海恩之间有一种奇怪的缘分。我们在很多方面很像，只是他在这些方面都比我略强一些而已。分流班毕业时，开了个舞会。那年头的舞会非常无聊，不是手拉手站成一圈摇晃着唱小虎队，就是有个人在台上弹着吉他唱《真的爱你》，高中生弹的吉他简直与小学生拉的小提琴相类。我本来就不是分流班的人，被哥们儿拉去听了一会儿，实在无聊，就出来到操场上找球打。篮球场上的规矩是，只要有人在打球，你过去打声招呼客气两句，就能一起玩。本来我并没有抱什么希望，因为已近黄昏，正常来说学校应该静校了，那天是分流班的班主任神通广大地跟教导处申请的特例。结果我来到篮球场上，发现只有一个人在打，他在练习零度角投篮。黄昏时分，篮板、篮筐和远处的景物之间变得模模糊糊的，你能看得很清楚，却很难分辨远近。要想在这种时候投中零度三分球，基本上全凭手感。我看了一会儿，他投了十个，中了九个。如果我不是跟邱海恩同场打过球，这种事放在眼前我也不会信的。

　　后来我们在夕阳下打了一会儿球。我投一个，他投一个。那可能是这个操场历史上命中率最高的半小时。我们有时聊两句，有时不说话，他投篮，我捡球，传给他，或者相反。手里没球时，就看四周：已经降旗的旗杆，全部整齐摆在一侧的窗帘（主任可能有强迫症），哗哗作响的白桦树。有时能听见远处唯一开着灯的那间教室里传出一阵笑声或音乐声。之所以看这些，是因为我不需要看邱海恩投篮。你看一个人投篮，无非是看他投篮的动作，以及期待一个进或没进的结果。但他的动作跟我是一个老师教的，而他投篮的结果没什么悬念，所以不需要看他。如果没进，我就会捡到球传给他，再投一次一定能进。我也一样。我们玩得非常开心，几乎没怎么说话。印象里，我们说了这么几句话：

"你喜欢一打一①吗？"他问我。

"不喜欢。"

"我也是！我就喜欢投篮。"

所以那天我们一直投篮，投篮，投篮。我们既没有一打一，也没有打点儿②。他当时并没说"我就喜欢一个人玩儿"，事后我还

———————————
① 一打一：在篮球场的一个半场，两个人轮流发球的一对一比赛，没有正式比赛和严格规则，是一种民间玩法。
② 打点儿：沿着三秒区周围的点依次投篮，投中者前进一个点，不中要受到惩罚。一种民间玩法，用于训练近距离投篮的基本功。

曾经想过，这小子说话很有分寸，注意到那句话对当时在场的我
是不礼貌的。后来我才发现我这纯属过度阐释。他既不是喜欢一
个人玩儿，也不是不喜欢比赛，这些都是我把他的形象套在我自
己身上，主观臆断出来的。

再开学时，分流班毕业了，而我也已经能够坦然面对留级这
等人生惨剧了。我觉得我和邱海恩的缘分也就到这儿了，并没有
多想，以至于等我两年后考上大学，在大学的球场上见到已经剃
成圆寸的邱海恩时，吓得魂飞天外。一开始我甚至在一瞬间编出
了他出车祸身亡化作冤魂来球场上找我玩儿这种封建迷信的解释，
因为要是巧合可以解释这件事的话，当时的我宁愿这巧合发生在
我和一位漂亮姑娘之间，而不是一个半熟不熟的秃头小子。

实际上这件事的解释是这样的：邱海恩从分流班毕业后考进
了一所什么国际研究学院之类一听名字就像骗子的学校里，而报
到以后发现，这学校连自己的校址都没有，它完完全全地寄生在
另一所大学里。被寄生的那所大学自己也很可怜，本身的大小就
跟一所高中差不多大。不消说，这所倒霉的大学就是我后来考上
的那个。关于它的小，我已经在很多场合诅咒过好多次，在这么
小的学校里发生这种巧事，越发显得不可思议了。

邱海恩考上的那个专业比这个学校本身还要可笑：他是全系

仅有的七个男生之一。我们笑称为"七武士"。实际上，这七个人连七武士都当不了，他们中有六个是邱海恩这个体格的，不论打球还是打架，这都不能成为一个团体。

关于打球和打架的事，需要补充一下的是，这两件事在我们学校都没有什么传统，我校的学生都很本分，比如我。但是寄生在我们学校里的另一所学校，就是另一回事儿了。这学校虽然有一个邱海恩所在的专业，但并不代表其他专业都这样。他们学校有个国际金融专业，篮球水平相当高，而且长期称霸我校篮球场，打起架来也很厉害。每次想到这种事，我都觉得他们学校是一所空中楼阁，没法儿更高端洋气了。

夏天里，邱海恩在球场上找到我，给我买了瓶水，嬉皮笑脸地拉我到场边坐一会儿。我说我这打着比赛呢有说走就走的吗？场下立刻站起五六个来喊道"我替你我替你"。这说明一所大学只有两块篮球场是绝对不够的。我跟邱海恩来到场边，他这样开言道：

"我求你个事儿，你可别不答应啊！"

这句话里的矛盾太多，远胜于"我讲个笑话，你可别哭啊"，所以我一时没反应过来该答应还是不答应。邱海恩的事情是这样的。每年秋天，学校会组织一场篮球联赛，而他所在的专业总是组不起一支篮球队（因为仅有的七个男生里除他之外都没摸过篮球），两年都没能参加。"这让我怎么活？"邱海恩叹道。我一想也是。他这专业好像是三年的，再不参加就没机会了。后来邱海恩想了个招儿，这不我来了吗，找我冒名顶替，替他们系的篮球队上场，就可以参加联赛了。

我听了个目瞪口呆，你这叫什么招儿？我拍了拍脸，冷静了一下，然后给他摆出一二三来。我说，首先，篮球队呢，需要至少有五个人，这还不包括有人打不了全场，或者犯规离场，或者受伤需要换人的情况。你光找我一个人，这是不够的。其次，我不是你们系的，我甚至不是你们学校的，虽然你在我们学校的校园里念书。你既然能找来我，理论上，你可以找来任何一个你认识的打球好的人来顶替，跟我没有任何区别。第三，就算你找来了我，又找来其他三个人，就这样临时拼凑起来的队伍，想打联赛？跟你们那国际金融对抗？这根本就没有取胜的可能。邱海恩听完，像只旱獭一样地瞪着我，说："没事，我就是想参加联赛。"我问，为啥啊？他正色道："我从小学就开始打篮球，小学、初中、高中我都是校队的，我上完这所谓的大学，学生时代就结束了，我希望——"

"得得得。"我打断他，以防他说出任何肉麻的台词，比如"教练，我想打篮球"一类的东西。我说："就是要上场打一场就得，是吧？那行。给我找套队服。"实际上，进入大学以后，我自己的学校里也有联赛，我们班倒是有 30 多个男生，但是一样凑不出一支篮球队来。能跟邱海恩搭伙上场活动活动筋骨，这也挺好。

比赛当天晴空万里，微微有点儿小风，挺舒服。邱海恩穿着大得离谱的 1 号队服，带着另外三个人早早到了球场。给我的是 13 号队服。我倒是不迷信，并不反感 13 这个数字，因为我就是 13 号出生的，我后来结婚，妻子也是 13 号出生的，我甚至是 13 号结婚的，这说明 13 是我的幸运数字。问题不在 13 上，而是出在我顶替的那个人的名字上，这人叫"齐国远"。妈的，这是真的吗？我找到邱海恩，让他把这人找出来给我看。这哥们儿也很仗义，还带了学生证，真叫齐国远。我问，你们班有叫李如珪[①]的吗？邱海恩大笑，其他人没听懂。比赛开始前，邱海恩把几个男生拉成一排，说道："连我在内，这是我们系所有的男生，都来给咱们加油了！"我一数，正好七个，大惊道："我×，你这是要召唤神龙吗？谁都知道你们系七个男生，上场了五个，场下还有七个，找死吗？快走快走！"邱海恩用手点指："他……他……他，这三个都跟咱们上场，剩下的替补。大伙儿听说有外援，底气就足了！"我摇头叹道，你们上当了，你们会失望的。

---

① 齐国远、李如珪：《隋唐演义》中的著名人物，结义兄弟，总是一起出场，交情莫逆。两人都擅诈，使用纸糊的巨大兵器上阵唬人。李如珪，一作"李如辉"。褚人获（清）《隋唐演义》原著中为"李如珪"。

第一场比赛，我不太适应。一来是太久没打过全场比赛，二来对手弱得实在不像话。我估计跟我们一样是硬凑起来的队伍，只不过没有外援而已。在这种队伍面前，我真成了从天而降的救世主，因为他们不会防守，我只要出手，基本必中。这是由于这两年我没练别的，专门针对中路以外的其他角度中投进行了充电。彼时我已经可以从各个角度稳定地中投了，虽然达不到正面的准确率。我唯一不行的就是零度角，而我的队伍里有邱海恩，还有比这更完美的组合吗？要说弱点，我们两个都没法儿打内线。邱海恩显然并不打算在第一场就暴露自己全面的控球和突破得分能力（他当时就认定第一场不会是最后一场了），而他的组织能力又没用，因为没人懂他的组织。说到组织，我们队的五个人里，有一个是位内蒙古大哥，这哥们儿估计有一米九，没有三百斤也得有两百多斤，肩宽背厚，肚大腰圆，跑起来像远古巨象奔驰而过，耳边轰雷阵阵，脚下土雨翻飞。按说，这是个很好的中锋，可惜他总是被吹三秒①，最后吹得双方跟裁判都烦了。邱海恩只好让他站在三秒区外面，没什么大用。

我们没有预想到除自己之外还有更弱的队伍，因此第一场意外地赢了。邱海恩的六个男同学兴奋得不行，他们中的大多数是这辈子第一次摸篮球，第一次上场打比赛，还赢了。有多少人打

① 三秒：即三秒违例，指进攻方球员在前场三秒区内停留超过三秒的违例行为。

了十年校队没赢过球？真是造化弄人。第二场是场硬碰硬的战役，对方也不怎么齐整，但是有个很厉害的后卫，小个儿不大，左右手控球俱佳，突破速度快，滞空时间长，能够在空中做出各种匪夷所思的动作进球。蒙古巨象因为对他实施了暴力防守而被罚下了。这一场因为我们有两个能得分的后卫而勉强赢了，其实十分危险，因为替换蒙古巨象的那孩子连前后场都分不清楚，一上来抓了个后场篮板，然后抬手就中，投到自己篮筐里了。邱海恩冲他屁股踢了一脚，他一龇牙，也不生气。

第三场就碰上了国际金融。该队伍位置齐备，训练有素，精神面貌极佳。我队不少球员都吓尿了。上场前我问邱海恩，打到这儿过瘾了吗？差不多了吧！邱海恩微微一笑，说了句："我这刚热身！"

他这句话的意思显而易见，在高中时代我曾经看见的那种全面的控球、得分、组织能力和令人生畏的零度角三分，又要出现了。想到这里，我恨不得当观众，但我还得上场打球，因为我叫"齐国远"。哨一响，蒙古巨象拔地而起，准确地在球的最高点争到球，分给了邱海恩，其动作一气呵成，令我呆在当场。显然，这厮专门练过争球，因为这是他能发挥的最大作用了。邱海恩拿球推进，不等我落位，抬手就是一个三分，场下一片惊叫。其实我也惊叫来着，只是被淹没了。一上来就这么打？还不是零度角！气势倒是够足的，但是能坚持多久啊？带着这种疑问回到后场，我拿了个篮板，对方一个面貌凶恶的前锋劈手就是一掌，差点儿打得我骨断筋折，但球没断下来。这个前锋骂了一句脏话，快快地跑了，搞得我莫名其妙：明明是你打我，裁判没吹，我还没骂街呢。我推到前场，在45度跳起中投，那个恶煞不知道从哪里冒出来，呼地蹿起，我眼前顿时跟起了一块墓碑一样，什么也看不见了。我落地之前手忙脚乱地分给邱海恩，他举手要投，两个人同时上来封，结果他像某种猴子一样穿过两人，在三秒区里随随便便颠了两下，以极低的位置出手，拿了两分。他这手诡异的突破实在太讨人厌了。两队插招换式打在一处，半场过去，我们落后八分。休息时我说，这回行了吧？我就打到这儿吧。我这么说是基于我丰富的打野球实战经验，我判断一会儿准得打起来，不管谁向着谁，反正肯定没人向着我。但是邱海恩一脸严肃，像即将慷慨就义一般道："才差八分，下半场用三分拉起来！"

下半场一拿球，邱海恩就投了两个三分，都没中。说实话，跟他打球这么多年，看他投篮不中还是很不习惯。他一出手，空心入篮那令人愉快的"唰"的一声在我脑袋里已经形成，以至于他在没有篮网的秃篮圈上投，我都能听见这种声音。两球不进，给了对方拉大比分的机会，邱海恩有点儿急躁了。他突破了几次，那个恶狠狠的前锋总是抢着封堵，进不去。其实此时只要分球给我，拿不下三分也能拿两分，因为除了那个长得像夜叉的前锋之

外没什么人防我。那人体力真好，上蹿下跳，满场飞奔。他不怎
么得分，但是篮板抢得很厉害，我们在空中碰撞了几次，我飞出
去的概率是 100%。这很正常，在我的印象里，篮板能力跟长得丑
恶程度成正比。这时候比赛过去一大半了，因为时间挑得不太好，
秋天的太阳过早地西斜，球场上全是扭来扭去的影子。

但是，黄昏的光线、空气、温度、声音等等一切，似乎真正
激活了邱海恩。他不再尝试突破或正面中投了。他拿球，冷静地
控球，分给我再拿回去，拉开空当之后，猛地突进到零度角。显
然，对方没领教过邱海恩的零度角。他们像一切业余选手一样，
随随便便摆了个防守的姿势，基本上放任了邱海恩出手，然后扭
头等着篮板。只有令人钦佩的夜叉前锋千里迢迢赶去封盖，没有
来得及，于是扭头就去抢篮板。太天真了。邱海恩在这个位置出
手，还用等篮板吗？我站在弧顶，闭上眼，叉着腰喘口气。我的
脑袋里响起"唰"的一声。接着，耳边真的响起"唰"的一声。
观众山呼万岁。我心满意足，就跟这个球能起到多大作用似的。

底线发出球来，正在往后场退的邱海恩突然一个折返，从夜
叉手里断了球。这一手谁也没想到，连我都没想到。我主要是没
想到为什么对方后场发球直接给了前锋。夜叉哇哇大叫着回头猛
追，邱海恩又迈开那野驴一样的步子，绕过半条三分线，插过底
线，来到右边的零度角，"砰"地双脚站定，两手一举——夜叉拔

地而起，被假动作晃出场去，砸在一堆女同学身上。邱海恩神光内敛，冷静出手，毫无悬念地又拿了一个三分。

　　比赛快结束的时候我们还落后六分。也就是说，邱海恩只要有两次零度角出手的机会，我根本不怀疑他的命中率。他的手感太好了。即便是手感不好的时候，只要在零度角，他也没问题。如我所愿，他在还有一分钟的时候投中了一个球。出手之前，他带着夜叉在弧顶左右晃动了半天，在短短几秒之内，爆发出令人目眩神迷的控球技巧，最后向左一甩，把夜叉晃了个跟头，结结实实地摔了一下，他自己则怡然自得地跑到底线上投篮去了。底下的女生一阵哄笑。看球的女生最可气了，她们基本上不关心输赢，就知道看谁帅，谁跑得快，谁得分多，谁出了洋相。在篮球场上，能出的洋相不多，第一名是被人穿裆运球过人，第二名就是被晃个跟头，这是奇耻大辱。至于我们队里那位仁兄往自己的篮筐里投篮，这其实不算什么。

　　结果在邱海恩最后一次跳起出手的时候，夜叉估计恼羞成怒，实在控制不住情绪了。也亏他这时候体力还这么足。只见他呼啸而至，挟风带雷，扑奔邱海恩，两人在空中相撞——跟这家伙在空中相撞什么样我可知道了。邱海恩向后飞出去，照方抓药，也落在一堆女同学身上。我一捂嘴，暗叫过瘾。他爬起来，转圈儿冲女生说对不起，后面的事完全没想到，也没顾上。

　　夜叉把球断下来，在手里"砰"地一拍，扔到一边，然后摇着强壮的肩膀，怒气冲冲地走向背对他的邱海恩，抓住他的肩膀转过来，一个通天炮就打过去了。裁判受了惊，猛吹哨子；女生默契地向后闪出一个人圈，邱海恩鼻血长流卧在圈里，周围尖叫怒骂四起，根本分不清谁在骂谁，反正没人劝架。等我反应过来应该过去劝架时，手里已经提了半块砖头。这是场边堆着盖小卖部的，我可能早就观察好了，只是自己没发现。人类处理某些事情的流程简直是全自动的。握着砖头，我其实也心里发怵，因为那个夜叉显然太壮了，打我三个都没问题。要想取胜，必须背后一砖头结束战斗。这种做法，一来不可取，二来岂可在敌营中使用？一般遇到这种场合，我都选择逃跑。但是邱海恩还在圈儿里躺着，我没办法，硬着头皮，哆哆嗦嗦往前迈了半步。

　　这时候，场上的一位一直没有发挥作用的队员好像睡醒了一样，发出山炮一般的巨响，一步一个脚印地踏向了战场。这头蒙古巨象，慢腾腾地走过去，抓住夜叉的肩膀，把他转过来，有样学样，"砰"的一个通天炮——我本能地一闭眼一扭头，因为他那个大拳头实在是太可怕了。我们小区里原来有个练拳的，一只铁拳打遍小区没有对手，后来打死了好几个人，自杀了。该内蒙古同学这拳头看起来比那人还横。一声闷响之后我睁眼一瞧，他还没撒手，左手攥着夜叉往身后一甩，脚底下眼花缭乱地一蹦跶，然后也不知道拿什么部位一揉一靠，"嘿"的一声。夜叉做了一个迪士尼风格的挣扎动作，横着飞出去，重重地摔在场中央，起不来了。蒙古巨象两膀一横，低沉但清晰地一字一句地说："××××（某种脏话），打球我不会，打架我可不外行。"邱海恩此时坐了起来，缩在蒙古巨象的影子里，像只小鸡。

这件事当然没有完，后面的事态要严重得多，因为国际金融的人打算一哄而上，没想到蒙古巨象在场下有一帮内蒙古兄弟。妈的，太可怕了，我不想讲了。总之，这是我替邱海恩打的最后一场比赛，因为那个球没进，也没判罚球，比赛就那么乱哄哄地结束了。后来，邱海恩每次在篮球场上玩，蒙古巨象就跟一条大狗一样——这个比喻可能有点儿不恰当——蹲在一旁，有时巨象有好几头，有说有笑，场面骇人。这种时候，邱海恩打得特别踏实。当然，他打得踏实不踏实，在零度角上没有区别，一直到毕业前，在我印象里，还没见过他在零度角上失手。这实在太神了。

后来我有一次喝多了，曾经跟朋友这样说过：体育就是现代人类在文明的压迫之下抑制不住互相厮杀的冲动而诞生的虚伪的仪式。那是在上届世界杯的时候，我们在一家酒吧看球，而我根本不懂足球，又喝了太多朗姆酒，就说出了这等胡话。球迷们差点儿揍我一顿，结果碰巧不知道是哪个队进了个球，我得了活命。这种贻笑大方的言论，我喝多了经常成套涌出，这只能说明，我打心眼儿里真的这么认为。譬如我们这一代人，没有经历过战火纷飞，没经历过砸锅炼钢，没经历过上山下乡，甚至连一百来人骑着车赶往天坛南门、永定桥头，抢起钢丝锁打架的时代都错过了。更别提再久远一些的舞刀弄剑、飞檐走壁的时代了。一代代人口口相传的江湖已经没有了，我们这一代的江湖就是各种乏味的体育运动：足球、篮球，以及一切能让你奔跑和呐喊的运动。在这些运动里，产生了一个微妙的小江湖，里面有很多微妙的小江湖奇人，每所学校都有那么俩仨的。

我讲个故事
你可别当真啊

JUST
A
STORY

管鲍之交

　　管鲍之交的故事，说的是内蒙古一个小地方的事，在当地很有名。这自然不是说管仲和鲍叔牙。这两个人，一个叫管联志，一个叫鲍富平；一个是医生，一个开救护车。具体谁是医生谁开救护车，没有定数。小地方不很正规，两人都接受过一些医疗急救训练，也都会开车。所以他们总是一起出车，轮着来，你开两天我开两天。两人都愿意开车，不愿意抢救，因为在那个地方，急救不是人干的活儿。

　　两个人现在应该都有四十来岁了，他们从二十出头就干这行儿。管联志一米六出头，近视眼，眼镜片又圆又厚。他还谢顶，有时迎风而立，发际线与天际线合二为一，十分凄楚。鲍富平相当于两个管联志，又高又壮，以至于每次换他开车时，都得先把座椅和后视镜全都调一遍。每当此时，鲍富平必低声骂上几句。而轮到管联志开车时，鲍富平还是总骂街。这是因为管联志巡逻时遇见什么事都要停车问一问，管一管。碰见有人在问路，他把车一停，摇窗户抢着给人指路；碰见大姑娘走夜路，他就开过去问人家搭不搭车。人家抬头一看，是救护车，肯定魂飞魄散。其实想一想，如果不是救护车，人家也得魂飞魄散。反正管联志开车走走停停，煞是烦人，鲍富平火暴脾气，就总是骂骂咧咧的。管联志听之任之，我行我素。谁也管不了谁。这种情况就跟谈恋爱差不多，矛盾一直聚集，迟早要爆发，最后两人终于闹翻了。这是后话，暂且不表。

救护车不是警车，一般来说，它不会出去巡逻，只有打电话叫，它才会来。关于开救护车巡逻的情况是这样的。他们所处的这个县城不太出名，但是地方挺大，有一部分原来是草场，现在全都沙化了。医院在地图上画了几条简单的线，把县城分成十个区，按甲乙丙丁排列。那块沙化的地方是最后一个区，编号是癸，俗称鬼区。管联志和鲍富平除了接电话出急救任务之外，还要去鬼区巡逻。因为那里经常有人"落马"。所谓落马，即当地的牧民晚上喝多了，骑马回家，骑着骑着，翻身掉下，摔在路边起不来。这地方冬天极冷，就这么躺一宿，铁定活不成。后来没草也没马了，牧民骑上了摩托车，但该摔还是摔，且摔得更狠。巡逻鬼区的任务加重了，一个礼拜得出去三回。

鬼区早就没什么蒙古包了，当地牧民也住很好的平房，通水通电，十分现代化，只是房子太少，稀稀拉拉的，就更别提什么商业化了。管联志和鲍富平有时候巡逻半截突然饿了，连买方便面的地方都找不着。这么荒僻的地方，当地居民去哪儿喝酒？当然是酒吧！这酒吧是管鲍二人眼看着建起来的。其实原来这里是个合作社（酒吧），一拉溜木头房子，山墙用砖加固了一层，里面主要卖些文化学习的笔记本、钢笔铅笔文具盒、姑娘喜欢的小花布、小伙儿扎的线围脖。后来沙化严重，人越来越少，该合作社自然而然地倾向于市场需求进行收敛，最后当地居民只有一项需求，就是喝酒。所以合作社成了酒吧。

除了酒，这里只卖一样东西：水果罐头。牧民骑马或摩托车而来，飞身下马，大步进店，拍拍柜台伸出两根手指，一会儿就会得到一个口杯、一瓶开了的罐头。管联志和鲍富平巡逻的重点就是这个合作社（酒吧）周围，但他们从不进去，因为无论开车还是急救都不能喝酒。有这么一回，两人吃罢午饭，院长让出来巡逻。管联志开车，行到酒吧时，见一个黄衣汉子下马进店去喝酒。这人是酒吧和医院的双料常客，全身的骨头几乎都断过了，一天到晚也没什么事干，除了喝酒就是骑马玩儿。管联志问："这货大白天的又喝去了，咱是不是得管管？"鲍富平两手一摊："这咋管？人家还没喝呢，你又不是警察。"管联志一推眼镜："等喝多了就晚了！"遂熄火下车，尾随而去。俄顷，只听一阵喧嚣，管联志当先抱头而出，那黄衣汉子一口囫囵不清的不知道何处方言，边骂边追。鲍富平大笑，推后门下车，往管联志身前一站，抬手喝道："嗨！哥们儿！喝你的酒去吧！"那汉子抬头看了看鲍富平，衡量了一番，可能觉得打不过，也可能根本没听懂，讪讪地回去了。鲍富平是东北人，说话气儿很粗。

　　管联志喜欢管别人事，但总是搞不定，每次都是鲍富平出头。但两人并没有因此变成一面倒欠人情的关系，因为鲍富平也有搞不定的时候。鲍富平的急救水平很差，基本上全靠想象力，十分危险。如果放任不管，很容易出人命，但小医院人力资源紧张，实在派不出多余的人手巡逻。院里有两辆救护车，一辆是慈善家捐赠的，又大又新，全套现代化医疗设备，由两个靠谱的医生掌管；另一辆就是管联志和鲍富平这辆，基本上专管巡逻。只有遇见并发请求，调度实在没招儿了才派这辆破车出去急救。鲍富平性情粗野，虽然也听过几堂课，但实在不适合干细活儿，总是把伤号弄得伤外加伤。病人家属闹将起来，他脾气不好，点火就着，此时总是管联志出面劝阻。管联志本来就矮，还有点儿驼背，气场很弱，但办起这种事来另有一套名堂。每次发生医患纠纷，他就上去协调，把家属拉到一旁如此如此、这般这般，一会儿家属的情绪就稳定了。谁也不知道他是怎么做到的。更奇怪的是，他既然有这个本事，为什么总是挨牧民的揍？这在院里也是个未解之谜。总之，要是没有管联志，鲍富平早就被开除了，还得把裤衩都赔光了。

管那辆新救护车的是一男一女两个年轻人，女的姓魏，精神又漂亮，走起路来马尾巴一甩一甩，像匹小粉马。管联志有媳妇，但鲍富平一直打光棍，所以总跟小魏训脸。小魏脾气好，人又开朗，但老是一副什么也不懂的样子，傻乎乎的，不知道是真傻还是装傻。鲍富平试探了好几次，每次都像打在棉花上一样，没什么反应。越是这样，鲍富平就越不死心，这心理大概就跟买彩票的人越不中越玩儿命买差不多。有一次鲍富平巡逻回来，刚停好车，正赶上小魏的车也刚回来，只见小魏一摔车门，红着眼睛噌噌噌跑进楼里去了。鲍富平连忙追上去问，小魏一甩胳膊，跑了。问这种八卦的事情，还是管联志有经验，这不车上还有一人呢吗？他就跟那个男大夫打听。其实不用打听也知道不一般，因为救护车很少空车回来。这事情是这样的：小魏接到调度通知，有人打电话叫救护车，说自己的儿子快不行了，让快点儿去。具体因为什么不行了，怎么也说不清楚，只留了个地址。两人不知道应该带什么设备，只好带上尽可能有用的东西，驱车前往。

到了地方，砰砰砰一打门，门没锁，吱呀一声开了。只见打电话那人面朝里跪在地上，肩膀一抽一抽，正在号哭。两人知道来晚了，但一琢磨，人都来了，多少也得看看呀，便迈步进去。没想到一拍那人肩头，那人霍地跳起，转身大骂：没用的东西！老子花钱纳税，养你们这帮玩意儿有什么用！小魏低头一看，地上是条死狗。原来此人的儿子是条狗。可能他儿子也太老了点儿，按人类年龄折算可以当他爹，这辈分没法儿算。依着那个男大夫的意思，多一句都甭跟他废话，转身一走就算完了。小魏觉得还是问问的好，万一孩子是在屋里呢？结果一问，那男的呸的一口浓痰啐在小魏衣服上："问你妈×问！有他妈一天死俩儿子的吗？滚蛋！"大致过程如此，经过男大夫和管联志两次转述之后，精彩程度可能下降了一些，以至于鲍富平听完之后，并没有指天画地，跳起骂街。接下来的几天里，管联志都抢着开车，怕鲍富平出去惹事，但鲍富平压根儿不提这事儿。最后管联志先绷不住了，一推眼镜，问道："小魏这事儿你管不管了？"鲍富平叼着烟，斜着眼看他："管什么，怎么管？难道我穿着白大褂上门去打人吗？"管联志与他相交十余载，深知此人粗中有细（此乃错觉），不敢怠慢，仔细想了想，恍然大悟："他妈的，脱了白大褂也不行！"鲍富平不说话了。但是他终究没有去上门打人。

过了几天，俩人傍晚正要去巡逻，只见小魏那辆车又风风火火地回来了，这回不是空车。车一停，搭下来一个人，脸上姹紫嫣红，已经很难分辨五官了，但是肯定还活着。证据是他不停地大声号叫。小魏扶着担架跑过鲍富平车边的时候，歪头看了看他。鲍富平把头扭向一边，唱小曲儿。等小魏过去了，他低声啐道：他奶奶的，怎么挑这么个时候下手。管联志问：你干啥了？鲍富平一梗脖子道："怎么了？我既没穿白大褂打人，也没脱了白大褂打人。"管联志怒气冲冲，开车巡逻一路上都没有说话。鲍富平笑道："你冲谁生气啊？"管联志也不理他。

　　管联志和鲍富平对彼此的世界观都有很大一部分不认同，竟然搭档了这么长时间，堪称奇迹。比方说，鲍富平认为解决问题最好的办法就是拳头，管联志则认为谈一谈什么都可以解决。按说这没什么好争的，事实胜于雄辩嘛！但事实太过于公正了，两个人都被证实是错的了。管联志老是惹上一些本不归他管的事，这种事一旦摊上了，用嘴就解决不了，这时候鲍富平就用拳头解决。鲍富平尝试直接用拳头解决问题的时候，从现象层面证实了关于打架的一个经典理论：打架的输赢是有很大偶然性的。比如，他曾经被一个半大小子用啤酒瓶子开了瓢儿。那件事是这样的：两人晚上在医院门口的饭馆吃饭，几个中学生闯进来，大喊大叫，大说大笑，要了几瓶啤酒，也不吃饭，就坐在饭馆门口喝，客人都不敢进来了。一会儿老板出来了，笑脸儿相迎，想让学生们把门儿让出来。没想到当头的那个孩子咳了两口，一口痰就啐在老板围裙上。这地方风俗不好，喜欢啐人。老板也是铁塔一般的汉子，二话不说转身就抄椅了，店外面的学生一下子全拥了进来。

老板忍了三忍，让了三让，总算一口火憋了下去，因为他是坐商，惹不起这群坏小子。鲍富平看了，怒从心头起，恶向胆边生，拎起把椅子，呼地扔了过去，正中当头那孩子的后背。接着他一声断喝：狗日的出来！大步上前，揪住那孩子的领子就拖到店外去，不由分说揍了一顿。这厮很没有原则，打人没有白名单，女人孩子老头老太太都下得去手。打完，啐口痰，喝道："滚！"学生便爬起来滚了。没想到鲍富平刚一转身，"嗖"地飞来一个啤酒瓶，正中后脑。回头再看，那些小子早就跑没影儿了。

用鲍富平的话说，那孩子犯了规：你就算用啤酒瓶子打我，也应该直接砸我的头，而不是把它扔出来。万一没扔到我头上，后面围观的人不就倒霉了吗？这种时候，管联志一边给他包扎，一边苦口婆心地说，打架是解决不了问题的，你总是打架，用的绷带太多，连院长都发现了。鲍富平大怒道："废话！用得再少，包在我头上不是一样被发现吗！"管联志就不说话了。两人沉默了半天，管联志包扎完了，才缓缓地说：

"这世上的事儿，你全都想抱不平，你可抱不过来。"

鲍富平捂着脑袋，低声说："这世上的闲事，你全都想管，你可管不了。"

管联志说："我管的事，都是有方法地管。"

鲍富平说："别逼逼。哎哟。"

管联志不再说话了。他想要给鲍富平上的课，一直到多年以后，鲍富平后来的领导才给他上了。那时候两人已经很多年没联系了。

这两人闹翻的事情，在医院里大概流传着三个版本。第一个版本是说，他们两人去县城里唯一的电影院看电影。前排有两个人在放映时不停地大声评论，管联志就拍了拍他们，做手势让他们别出声。散场以后，这两个人就一路跟出来，把管联志揍了一顿。天可怜见，鲍富平此时正好买烟去了，等他回来，管联志已经快要被细细切做臊子了。鲍富平暴喝一声，势如惊雷，冲上前去揪住一个便打。另一个当然不干了，在后面又踢又扯，但是鲍富平一来自重太大，二来抗击打能力太强，三来意志太坚定，看起来是非要把头里这个打死不可，所以没扯开。这时候管联志突然爬起来，抱住鲍富平的虎躯，连喊"别打了出人命了"。结果后面那人照定鲍富平侧脸就是一皮靴，然后拉起同伴就跑。管联志抱着鲍富平，像只树懒，怎么也甩不开，就这么让两人都跑了。

　　拥护第二种版本的人，对第一个版本嗤之以鼻，认为这纯属胡扯，因为两个大男人不可能去看电影。持这种想法的人真是太跟不上时代了。这个故事真正的疑点是管联志怎么可能控制得住鲍富平，但是不管怎么说，它符合两人处理矛盾的基本方针。现在应该说说第二种版本了。这个版本是说，有一天两人去鬼区的酒吧巡逻，当时已是落霞更在夕阳西了，只见酒吧破旧的木板房外，一片沙地上停着一匹高头骏马，一个黄衣汉子脚踩马镫，正要翻身上马。但是他显然喝多了，因为他连续翻了好几下都没翻上去。管鲍二人也没当回事，就开过去了。巡逻了一圈，回来时再路过酒吧，则已经是天外一钩残月带三星；只见那个黄衣汉子还在那儿上马，只是动作慢了许多，蹦几下就歇一会儿。马都烦了，不停地打响鼻儿。鲍富平见了，大笑不可止，直捶车窗户。眼看笑得要背过气儿去，突然停了，因为管联志熄火、停车、开门，要下车。鲍富平问他干吗去，答说把那汉子拉上车来，送回去。鲍富平说，你知道他住哪儿？管联志说知道个大概，因为这家伙被送去医院的次数太多，跟家属简单聊过几句。鲍富平又问，那马怎么办？管联志说，我又不是兽医！说罢下车，走上前去。鲍富平从后门跳下车，连声喝止，让管联志少管这人的事。"他现在不是还没受伤呢吗！"他喊道，"咱们又他妈的不是警察！"管联志就是不回头，走到切近，一手拉马缰绳，一手扶住那醉汉，正待说话，忽听发动机点火声音响亮，回头一看，鲍富平把车开走了。"你骑马回去吧！"他说。

　　拥护第三个版本的人，认为第二个版本太过于夸张，怎么会有人在原地上马上了几个钟头呢？持这种观点的人应该都是刚调来没几天的，因为这种场面在酒吧门口经常上演。现在应该说说第三个版本。这个版本是说，一个冬天的晚上，医院同时接了两个急救电话，一个抽羊角风的在甲区，一个心脏病发作在鬼区。小魏那车领命而去，往甲区去救羊角风。这并不是因为医院认为管联志一组的医疗水平高，而是认为小魏他们处理不好鬼区的复杂情况。管联志和鲍富平不敢怠慢，飞身上车而去。

　　这天晚上，由管联志开车，堪堪快到目的地，眼睁还有一里多地的时候，突然停了。鲍富平从车厢末尾一个虎扑蹿上前来，敲玻璃问怎么了。管联志急道："你看！你看！路边儿有个死人！"鲍富平开窗户一看，路旁有道沟，沟里有辆摩托车，已经摔得七零八落，四野全是零部件。不远的道旁倒着个人，显然没死，因为他还在手刨脚蹬呢。这人倒的地方在车灯光柱的边缘，道上没有路灯，看不真切。鲍富平愣了一会儿，突然抬起头，拍窗户叫道："看他干吗啊！前头一个要死的等咱车呢！"管联志大惊，回过头来，用一种奇特的眼神看着鲍富平，好像在看一头额上生角、肋下生鳞的怪兽一般。"你说什么呢！"他声音不大，但表现出了极度的吃惊和愤怒，"眼前就有一个快死的啊！快下去救人！"说完推门下去了。

鲍富平从后门下来，赶上前去，双掌一推，把管联志推了个趔趄。"管秃子！"他喝道，"你他妈清醒一点儿！我们开的这个是救护车！"他用手指着车头，又换到另一只手指着前方，浑身颤抖，梗着脖子，"你别忘了你是干什么的，前面就一里地，有个人快他妈死了！"

管联志也急了，有样学样，双掌奋力一推鲍富平胸口，把自己推了个趔趄。他一扶眼镜，怒道："姓鲍的！你说的这个是中国话吗？啊？眼前这个不是人吗？"鲍富平道："是人怎么了？一时半会儿死不了！骑摩托车摔道边儿的咱俩一辈子见过多少了？"管联志双手一挥："我没工夫跟你废话！起开！"说罢左踏半步，想要过去。说时迟，那时快，鲍富平踏罡步斗，一肩膀把管联志撞了个跟头。

"你他妈的，"他俯视着地上的管联志，"你管闲事管得已经疯了。"

说完，他歪头朝道边扑腾的那个人啐了口痰，大踏步走向救护车，点火，一掰轮儿，走了。管联志愣在当场，半晌才反应过来。他爬起来，三步并作两步走，来到伤员身边，做快速检查。他一边查，一边极快速而又极轻柔地叨咕："没事，放心，别怕，我是大夫，救护车一会儿就来。"叨咕完一遍，又用蒙语叨咕一遍。他这个蒙语，汉人听不懂，内蒙古人整不明白。恰在此时，北风大作，一片片雪花飘下来，飘了没有三秒，就转成爆米花大小的雪粒，划着平行的斜线"唰唰唰"地切将下来，划在人脸上，恨不能划出一条血槽。管联志眼前一阵亮光，抬头一看，救护车亮着倒车灯又回来了。停在十几米外，鲍富平跳下车来，拉开后门一顿翻腾，然后气呼呼地走过来，"砰砰"地往地上放了两件棉大衣、一个急救包，然后转身，上车，又走了。

这个版本没有结尾。其实三个版本都没有像样的结尾，其共同结局就是俩人闹翻了，再也不说话了。没过多久，鲍富平离开医院，回了东北。他后来给一个大制药厂领导当司机，开丰田考斯特，开起来跟救护车差不多。有一回，他开车出大院门，迎头来一奥迪，两车都没有要让的意思，僵住了。车后面坐的领导把眼镜一摘，探头看了看。"小鲍，倒一把，让他进来。"领导说。鲍富平吃惊非小，心说我这车上拉的可是厂里的二把手啊，难道对面这个奥迪里是一把手？在路上，鲍富平忍了半天，终于还是没绷住。他问领导："刚才那个奥迪里是什么人？"领导笑了笑说："是咱总工的儿子，中药厂的副厂长。"鲍富平愈惊，心说一个集团分厂的副厂长，凭啥让这么大的领导给他让路？鲍富平一旦想什么事想不明白，就会不停地从牙缝吸气，"咝、咝"的。领导看出他不明白，又笑道："这种年轻人，吃几个亏自然就长大了。"鲍富平问："他这算吃什么亏了？"领导说："他回去肯定要跟人家吹这个牛，他不知道，你还不知道吗？这丰田都是集团领导坐的；他爹知道他惹了考斯特，肯定得查，一查就知道下午谁坐你车出去了。"鲍富平听到此处，把自己代入那小子的位置想了想，顿觉毛骨悚然，童年时代被他爹严刑拷打的各种场面在脑海中层出不穷，车都不会开了。隔了一会儿，领导又缓缓地说：

"遇见事儿，不要较真儿顶牛。恶人自有恶人降，你没必要当那个恶人。我让你给他让路，你挺不服气是不是？我都没生气，你生什么气呢！这世上的事儿啊，都打抱不平，你可抱不过来。"

鲍富平差点儿脱口而出：别逼逼。幸亏忍住了。此刻，他突然非常想念管联志，但是，他不能回那个县医院找他去。他们的交情已经完了。他们的交情之所以完了，不论是因为版本一，还是版本二，还是版本三，总而言之，都没法儿回去找他。因为一旦见面，势必扯出当初那件事来，那件事还没完呢。这就好比年轻人谈恋爱，有时吵翻了闹分手，俄而又复合；复合以后如胶似漆，蜜里调油，好似完全把之前吵架的事情忘了。这事儿早晚要提起来，一旦提起，就会加上后来的重重怨念，再附上此前的种种不满，狠狠地再吵一番，如此往复。这有什么意义啊？

计算之王朱知碌

　　以前听过一个笑话，是这么说的：说在国外一个超市的收银台，一个中国小伙子收钱时不用计算器。每逢客人来，他便念念有词：十八，三块五，四十一块二——然后抬头望一会儿天，结果就出来了：六十二块七！买东西的老外惊道：我靠，云计算！这个笑话是在云计算这个概念刚开始流行的时候传开的，顺便还拿中国人的计算能力开了个玩笑。中国人在海外，口占心算，确实常常把老外惊个跟头，而那对我们来说只不过是基本功，否则小学都毕不了业。现在要讲到的这个朱知碌，比这个水平可高多了，连我这个中国人都一次次地被他惊倒。

朱知碌的活动场所非常有限，如果你成心找他，就在那么几个地方一蹲，准能蹲着。而且这人极好认。我认识他前后不长的时间里，他的人生经历了大起大落，悲欢离合，但这些变化都没能让他换掉他那身好认的行头。我第一次见他，是在肯德基吃罢早餐，站在门口的檐下抽烟。他打北边儿晃晃悠悠地走过来，把我吓了一跳。只见此人，身长八尺，宽肩膀细腰身，穿着一身破旧不堪的翻毛皮衣；从两个袖口里，探出长得盖住了手背的粗沙子色衬衫；再往下是十根炭条一般的手指，其中一根还戴着个银戒指，十分扎眼。一条破裤子全是洞，脚下穿一双哗哗作响的皮靴，上头的皮子磨得颜色各异。往头上看，面如黑锅铁，唇赛紫羊肝，一部长须蓬松干燥，打结分叉，不仔细看找不着嘴。这人长得太苦了，要说他能发财享福，谁都不信。他的两道眉毛、一对外眼角，和隐藏在胡子里的嘴角，全都呈八点二十状，两端向下撇着，一脸不乐意。而且他的脸太脏了，上一道下一道，在眉毛之间竖着还好几道，让人觉得他永远皱着眉头，一副要打人或者要挨打的相。他戴一顶破棒球帽，正当中一红五星，帽子外头挂着一副耳机，将两个耳朵包得严严实实。上世纪八十年代刚流行文化衫的时候，上头常有一句话叫"别理我，烦着呢"。他要是穿一件那个，简直绝了。可是他穿的就像刚从犹马镇跑出来似的。

这人走到我跟前，站住不动，怔怔地看我。他身量跟我差不多，但是我站在道牙子上，他得仰头看我。那一对耷拉眼角和满是期待的眼神真是令人印象深刻。我少年时，因为跟人照眼儿，教训惨痛，所以他看我的时候，我就把头扭向一边吹口哨。抽完烟，我把烟屁掐在垃圾桶的最上层，准备上班。谁料想他都不等我走，就伸手捏起那个烟屁，揣进兜里。

我惊得下巴差点儿掉了，竟然有人在我面前站着等烟屁！这不是 CBD（中央商务区）吗？花了 45 秒让自己恢复理智之后，我从兜里拿出半盒中南海来，试探着冲他伸出手去。像他这身行头，很难判断他是流浪汉还是神经病，还是一个流浪的神经病。我这么做的时候，心情也很复杂。结果他也没犹豫，接过烟盒，拇指食指捏住盖子一掀一合，就那么一打闪的工夫，然后又打开盖子，抽出几根，把烟盒还给我。"谢了，"他的声音也像粗沙子，"你这里头十三根，我拿七根，且活呢。"说完把烟往兜里一揣，走了。

第二天吃完早饭，抽烟时我忽然想，就那么一掀一合，垂着他那耷拉眼皮，就能看清里头是十三根？但是那半盒头天已经抽完了，无从查证，只得作罢。正想着，这人又来了，看见我也是一愣，伸手把耳机摘了，愣头愣脑地问我："你天天打这儿过啊？"我说是啊，他接忙又说："我问这个，不是要讹你的烟。"这回见完面，有那么几天没看见他。再看见时已转入深秋，气温急转直下，他那身皮货显得挺合适。他坐在肯德基外头的道牙上抽烟屁，眯着眼睛晒太阳。见我来了，抬起夹着烟屁的右手打了个招呼。我左顾右盼了一会儿，四周都是行色匆匆的上班族，没人有那个闲工夫看我，就坐下了。他挺惊讶，说我打个招呼不是叫你坐下的意思，你忙你的吧。我说我也不忙，聊会儿天儿。我看准了他身上有了不得的故事。我有烟，他有故事，一拍即合。

他首先抱怨了自己的名字。他说他俩哥哥，一个叫朱知勤，当兵了；一个叫朱知俭，去南方闯茶叶行了，只有他这个名字，朱知碌，忙忙碌碌，一辈子苦命。知道忙碌，就能不忙碌了吗？人家俩哥哥就是不用忙，我就是跑断肠！勤俭碌，这也不挨着啊！我听完，结合我国计划生育政策，琢磨半天他多大岁数，没琢磨出来。

一打开话匣子，这人就说个不休。我时时警惕地抬头看看路过的，结果没人看我们。这一来是我自己的穿着也不怎么样，跟一个神经病坐在一起也不显得奇怪，二来是在这片儿上班的人自己就穿得够奇怪的了。我放下心来，问他做什么营生。他说，我都捡烟屁了，我还能做什么营生？我说那你靠什么吃饭，他伸手往兜里一掏，抓出一把钱来，撇着嘴拿手指捻了几下。"七十五块五，"他说，"这点儿花完了就没饭吃了。不过按说不至于。"我问他，你这把钱，是一直心里就有数，还是拿出来这么一捻立马就算出来？我这个问题还是从上回的半盒烟来的。他说："心里有数，跟拿手里现数，对我来说没区别。"说着他又伸左手入囊，掏出一把硬币来，往我面前一举。我多少有点儿嫌脏，但是听故事成瘾，没办法只好捧哏。我摊开双手，他哗啦哗啦地把钢镚儿撒到我手里。我还是头一回从一个流浪汉手里拿到钱，太了不起了。

朱知碌说："七个一块，九个五毛，九个一毛，一个五分。十二块四毛五。"他说这些数字时，完全不假思索，顺理成章，感觉就跟我说"床前明月光"一个意思。我拨弄着钢镚儿数了半天，还真没错。他伸出黑爪子往我手心里一抓，抓了几枚，摊开手一看："三块六。"又抓了一把："六块三。你手里是两块五毛五。"我数了数，心情十分复杂，一时语塞。这是因为我同时想说"真牛×"和"这有什么用啊"，不知道选择哪句好。朱知碌收回硬币，慢悠悠地讲下去。

朱知碌刚来北京的时候，跟一个深圳老板混中关村，卖 MP3什么的，干了两年。第一年，业绩不错，加上他对数字天然的敏感和过人的计算天赋，老板让他管账。到了年底，南方老板喜欢发"利是"，就是红包。朱知碌拿了不少钱，过年回老家结了婚，把媳妇也带来北京闯荡。第二年，市场起了变化，买卖不行了。到了年底，老板一咬牙，还是发了一个厚厚的大红包，同时宣布公司解散了。所谓公司，盖老板加朱知碌二人之略。老板走了以后，朱知碌怅然若失，回到出租屋里跟媳妇头碰头把红包一拆，里头是一沓花花绿绿的纸。仔细看来，这些纸被横七竖八的锯齿线分隔成小块，每一块上都写着：中国福利彩票。

这件事是朱知礴命运的转折点，因为他去兑奖时发现，满满的三大卷，上百张彩票，一分钱也没中。这确实有点儿离谱。我买过几回彩票，有时不中，有时中五块十块，但我买的全部彩票加起来也没到一百张。朱知礴刚要离开，忽然发现兑奖点有一种"彩民报"。这东西实际上是印刷成报纸状的传单，上面是近期号码、走势分析一类的东西。朱知礴拿了一张回家在灯下研读，忽然大笑起来。"哈哈哈哈，什么东西这是！"朱知礴乐道，把媳妇吓了一跳。

接下来几周，朱知礴不出去找工作，拿着几根颜色各异的笔在家写写算算。写满一本练习本，又跑出去买了几本空的，还拿了几张最新的彩民报回来。媳妇问他这是干吗，他也不答，就说你赡好儿吧。过了几个礼拜，朱知礴揣着五十块钱，意气风发地走向彩票点。我听他讲至此处，热血沸腾，有一种隐居深山修炼多年的高手下山复仇的感觉。没想到后面的故事殊为凄惨：他买了 50 块钱的彩票，回家交给媳妇保管，说准保中奖，结果到头来又是一分没中。我听完，一时间以为他修炼的是如何买彩票保证不中的秘籍。

朱知礴大怒，更加闭门不出，潜心研究起来。每隔几周，就出去实践，结果总是惨不忍睹。偶有斩获，也不是他想要的结果。他想要的是：我这一张纸递过去，过两天一开奖，必中其中一条，且是大奖。他说他那时以为自己已经摸透了彩票的规律，太轻敌了。

当然，我说这个故事悲惨，并不是关于彩票，而是关于他的人生。他连续这么搞了几个月之后，媳妇急了，说你不出去上班，不挣钱也就罢了，还花钱买彩票！买也罢了，能中也行啊，老娘随便买买都比你中得多！朱知碌说，你行你上啊！媳妇摔门而出，买了10块钱的彩票回来，转天中了50块，两人相对无语。

说到这里，需要先补充一些关于数字的事。这是因为后面的故事太容易猜到了。有关数字的天赋，朱知碌很小的时候就展露出来了。比方说，他走到电影院里，能够立刻知道有多少椅子，坐了多少人。他不是数，也不是计算，而是直接看到了数字。他站在路边看一会儿汽车，不需要动脑子，过了多少辆车都自动印在他脑子里。如果他的视网膜不小心接收到了其中一部分车牌号，他也能记下来。他很小的时候就展现出对电话号码的超强记忆能力，简直过目不忘。有一次，长辈问他，你是怎么记住电话号码的？他说不用记，看见就不会忘，比方说二大爷家的电话是×××××××，这七位加起来是 25，相乘是 0，因为中间有个0，如果不算那个 0 是 6480。反着算也行……

　　所有人都推测他上学的时候数学一定次次满分，实际上并不是，因为他对几何不太上道儿，尤其是立体几何，所以最终总是损失小一半的分数。考过试的人都知道，你一份卷子得了60分，所得的分数那部分再精彩，你也是一个刚刚及格的成绩。譬如说，如果考语文，你的作文写出了诺贝尔奖的水平，但前面的古诗都没背下来，就没用，这才叫考试。所以朱知碌最后没能上大学。

　　从学校出来以后，他干过不少工作，但并没有什么直接跟数字相关的。他要是能像开头那个笑话里讲的一样，去做收银员，现在说不定过着平实的生活，而不是从尘世上消失。其实他并没有真的消失，说不定只是故意让人找不着而已。总之，这依然算得上一个悲剧。现在回头说说彩票的事。

　　朱知碌的媳妇买了10块钱的彩票，中了50块，这令朱知碌大为振奋。这并不是因为他没见过50块钱，而是因为他发现了之前自己犯的错误所在。他拿着媳妇机选的数字，在自己写得密密麻麻的笔记本上寻寻觅觅，熬了好几个通宵，画了好些图形，最后没有纸，就画在墙上。媳妇起床一看，当场就哭了。她说：你把墙整这样，房东知道了咱赔得起吗？朱知碌说，有啥赔不起？很快咱就可以买自己的房子了。说罢翻出10块钱，扬长而去。

　　等他再回来，媳妇走了。他俩一共就租了一居室，里外一找，媳妇的衣服都没了，看来是真走了。当然，时间仓促，并没有收拾得太干净，也没有留下字条什么的。朱知碌跑出去找了好几圈，找到天黑没找到，只得作罢。过了几天，一开奖，中了。

这回，朱知碌中了个10万。

领了奖，他连像样的衣服都没买，坐上火车就回老家了。到老丈人家，敲完门，往门口一跪。老丈人一开门，差点儿吓出心脏病。只见朱知碌双手捧着一个大信封，举过头顶，口中念念有词。其中过程，朱知碌没有多讲，总之，有了10万块钱，一切恩怨瓦解冰消，不就是几个礼拜没上班吗？这下几年不上班都没关系啦！媳妇开开心心地跟他回了北京。对此，朱知碌特地解释道：俺们乡下人都很淳朴。

一回北京，意想不到的事情发生了。朱知碌和媳妇两家四支儿十里八乡的各种八竿子打不着的亲戚都来北京了。借钱的借钱，看病的看病，开买卖的开买卖。这种故事，我听得太多，请他跳过了这一段，直接讲后来的事。我还替他补充道，甭问，后来一个还钱的都没有。媳妇让朱知碌去学个车本，拿剩下的钱去办个体出租执照，拉活儿养家。要是听了媳妇的，现在至少不用捡烟屁。朱知碌推三阻四就是不去学，到最后实在瞒不过，只好招认，他把剩下的钱陆陆续续都买了彩票，一分钱都没中。

讲到此处，变成了一个哲学命题。之前的 10 万是偶然还是必然？如果是必然，何以后来一分不中？如果是偶然，为什么偏偏发生在他这种数学天才身上，并且在计算了那么久、最终从媳妇身上发现了方法论之后才中？当然，偶然可以解释很多事情，这种东西无法深究。比方说，后来朱知硌的媳妇跟一个跟他们借过钱的老乡跑了这种事，是偶然还是必然？在实践中，要证明一件事并非偶然，最简单的办法就是在明确方法的指导下复现它。朱知硌经过努力，没能复现他媳妇跟别人跑了这件事，现在，他把全部精力都放在复现另一件事上：中 10 万。

讲完，朱知硌从兜里掏出一根烟，拿出镀金打火机慢悠悠地点上。吐了一口烟之后，他仰头往烟圈中望去。然后他说："对面这个大厦有 32 层，咱们能看见的这部分有 96 个窗户。你说，我能干这些事，有什么用？能在哪行混碗饭吃？"我本待认真帮他想一想，但看他那耷拉眼角，似乎并没有期待什么答案。索性不想了。

朱知硌说，离了婚之后，他也曾经想过戒彩。"戒彩"这个词真是太出彩了。但是最后他没戒成，因为他思来想去，没有什么工作是既能挣钱，又能跟他深爱的数字们在一起的。唯有彩票，他又爱又恨的彩票。他说彩票的数学模型一直在变化，背后有很高的高人坐镇，不是他这么个肉脑子能算明白的。他只能偶尔钻个空子。几年里，他钻了不少空子，日子过得起起落落。有时候中个一万，有时候赔个八千。你很难想象一个对数字这么敏感的人不会理财，朱知礤就是这么一个人，他很清楚自己有多少钱，精确到小数点后两位，但他不会管钱。他花每一分钱时，脑子里都图形化地呈现出自己一共有多少钱、有多大一块飞出去了、剩下多少钱。他起初也买几件衣服，买喜欢的镀金打火机，买了当年混中关村时就一直想要但买不起的 MP3 和昂贵的耳机，还给自己买了个银戒指。他无论怎样清楚自己的财务状况，都总是把钱花秃噜。一开始，他靠预留出一部分锁在抽屉里的方式，还能租得起房，吃得起饭。但一个数学模型攻破之后，他就迫不及待地想实战一下，而模型级别的实战不是拿两块钱机选一注那么简单的，他需要规模化的投入，才能带来更大规模的产出。10 块钱中巨奖那种事，后来只重现过一次。在他脑子里，每一个模型都像是一件新生产出来的、全身闪着摄人心魄的阴森森的光、肩膀上的一排镀金的铜管子喷着蒸汽、关节泛着机油味儿的复杂而凶残的重型武器。去买彩票，就像带着这些武器上阵打仗一样，令人全身肌肉紧绷，喉头忍不住发出低吼。

他把自己想象成了一个孤独的骑士，不断地挑战更大的风车。我有心说，别扯淡啦，人家再惨的骑士，好歹也有头驴呀！您都捡烟屁了。但这话太伤人了，我怕他揍我，没敢说。听完故事，我无以为报，但觉得给钱不太合适，就又给了他半盒烟。这回他没客气，全拿走了。我觉得故事听到这儿，差不多了，我并不喜欢这个人，当时。我觉得一个人买彩票买得都捡烟屁了，这种人还是离他远点儿吧。但是一分钟之后我就在想，已临深秋，朱知碌住在什么地方，怎样过冬？现在想来，真是咸吃萝卜淡操心。

朱知碌的武器博物馆里，摆满了各种各样凶残威猛的数学模型。他凭借这些武器，风光过，也落魄过。落魄的时候多。我见过一次他风光的时候。他风光的样子，跟落魄的样子，唯一的差别就是精神面貌特别好，喜欢说笑，说话的时候，腿总是颠颠颠，走路较快。外观上没有任何改变，还是那一套西部行头。那回我去吃早饭，还没进肯德基呢，他就早早地等在那儿了。见我来了，霍地站起，挥手说道："嗨！"我以手掩面，从手指头缝里看周围的人，果然大家都在看我。

除了"嗨"之外，朱知碌说得最多的一句话就是："咱中了！"说了不知道多少次，不过相对于他中的金额来说，中多少次也不算稀奇。他还给我看一份报纸，报上不但写了他中奖的金额，还有张照片。照片上，他穿着翻毛儿破皮衣，脖子上挂着耳机，对着记者的麦克风不知道在说什么蠢话。报上的标题匪夷所思：《外来务工人员最后十元买彩票独中大奖》，下面的金额吓死人。当时已经是一〇或一一年，但是他的这笔奖金扣完税，依然可以去六环边上买套不大的房子。说实话，我也十分震惊，只是故作不震惊而已，因为我如果表现出震惊，怎么想都是正中朱知礴的下怀。他双脚总是一颠一颠的，抑制不住兴奋，像个欠揍的熊孩子，但无论怎样兴奋，眼角眉梢还是耷拉的，此乃浑然天成。他说要求我办件事。"你不是搞电脑的吗？"他问，"我现在想买台电脑，再买个手机，你带我去中关村吧！"我啐了一口，说老子要上班，就走了。

那天中午我们没去中关村，我带他去了百脑汇。以他现在的身家，实在不用在乎百十块钱的差价，何况中关村鱼龙混杂，我这种老江湖也不免失手。其实我当时忘了，我车上坐的这个货不但是人肉计算机，还是真正的中关村老江湖。去的路上我问他，平时住什么地方？他说通惠河边儿上的一个棚子里，还问我想不想去看看。我平时开车从通惠河北路过，曾经俯瞰过那个棚户区，挨着铁道，真是难以想象，一河之隔就是北京最发达的 CBD。他见我不说话，就开心地给我讲他家的样子，绘声绘色。他说现在没媳妇管了，墙上随便写随便画，最近攻破的几个大型模型都是在墙上画出来的。

买完电脑，我把他送回通惠河畔，没有去看他的窝棚就告别了。此一别总有一年余，再见面时，也就是前一阵子，又是刚刚入秋。他还是穿那么一身，在肯德基门口等我。见我来了，他摘下耳机，耷拉着眉眼，看不出是高兴还是不高兴。我沉默了一会儿，递上一盒烟，问他："是中了一个亿还是又穷×了？"他接过烟，抽出一半，把盒还给我，不说话。点烟的时候用的是一个一次性打火机，快没油了。好容易点上，他说，你有打火机吗？给我一个。我俩在门口抽烟，没话可说，这时间里我一直在想打火机对于捡烟抽的人的重要性。抽了几根烟，他从兜里掏出一张纸，上面写满了数字，破破烂烂的，似有玄机。"这个我早就想给你了。前一阵子做出来的模型，全买下来需要三万多。我已经没有三万多了。而且，我隐约觉得这是犯罪了，现在。"我说，你这意思是要犯罪就让我先犯吗？他摇头说，要犯罪的话，他早就犯了无数回了。好在没犯过什么滔天大罪。我问他现在住哪儿，他说延庆山里的一个小院子。他用黑炭一样的手指戳了戳那张纸的背面，上面写着地址。我一看，去过，我有个同事辞职去养兔子了，租的院子就在那儿附近。我说这可真够偏的。他听罢一笑，问我："你知道我的钱都怎么花了吗？"我摇头不语等他说。他也摇头不语。末了，他仰头叹道："穷在长街无人问，富隐深山有远亲。我不玩了，给你玩吧，回见。"说罢，趿拉着哗啦作响的靴子，走了。

后来有一次，我在听评书的时候听到他说的这句话了。我想起朱知碌，猛然觉得我一直站在一个错误的立场上看朱知碌，他身边的其他人也是一样。在我这等凡人眼里，如果一个人只身来到北京，凭自己的过人的商业头脑，从打零工开始，到贷款开小公司，最后做大，挣个几百万，这是一个很好的励志故事。而一个人把所有的钱都花了，弄得自己无家可归，媳妇也跑了，成天捡烟屁抽，只为了买彩票中大奖，这就是一个傻×。至于这个傻×是不是只身来到北京、凭自己的过人天赋和不懈努力最后挣到了几百万；而他的朋友和爱人在他努力时嘲笑他、唾弃他、背叛他，在他成功后又找他借钱，且不还——只要他买了彩票，这些好像就不重要了。想到这里，我觉得我的普通逻辑真是白学了。

捷达之王冯如庸

　　我读高中的时候，学校周末不让进。学校这地方就是让你进的时候你不想进，你想进的时候不让进。我周末之所以想进学校，当然不是想念书，而是为了打篮球。既然中学不让进，我就想到了大学。我去打球的那个大学现在好像已经没了，过去它在八十中对面，好像叫机械什么什么来的。我当年只关心球场。八十中附近有条街，当时我们叫它"修车一条街"，皆因为这条街从南到北布满了大大小小的汽车修理厂和零配件门市部。现在回想起来，就跟如今的汽配城差不多，只是门脸儿大多没有那么气派，都是一间黑漆漆的小屋，地上挖一道深槽，让人一看无法不联想到刘文彩。没有生意的时候，老板带着年轻的师傅就在门口喝茶聊天，有时候也拉着街坊打牌。夏天和冬天，他们生意好起来，街上人头攒动，车水马龙，引擎声、喇叭声、吆喝声、吵架声、工具敲击的打铁般的叮叮当当声不绝于耳，整条街跟《清明上河图》似的。你如果不从那儿过，就无法想象九十年代北京有那么多汽车。尤其是夏天，有头脑的店主还会在门口支个摊儿，卖冰镇饮料和烟。那时候管这事儿的不叫城管，叫市容科，听起来没什么威慑力，修车师傅都不怕他们。他们来了，师傅们就举着冰棍儿企图行贿。那是一个生机勃勃的时代。现在这条街叫三里屯南街，一家修车的都没了。前些年，在街角一直停着一辆白色的破捷达，车身和后玻璃上刷满了字。那字都是红漆刷成，笔走龙蛇，一股反动标语的架势，其实是修车铺广告。那就是冯如庸的车。冯如庸那年才二十多岁，在汽修行儿里已经出了名。

再往前些年，回到我打球的那个时代，冯如庸跟我一样是个挣扎在青春期尾声的少年。那年头，有一种饮料叫黑加仑，据称含酒精，但我每次打完球都一口气喝一大瓶，从没醉过。那玩意儿的瓶子就跟现在的大号啤酒瓶差不多，一人经常喝不完（我是例外），几个人同喝一瓶又嫌埋汰，所以销量不好，整条街只有一家卖这东西，就是冯如庸所在的修理厂。这个厂的店面儿在街上还算大的，一拉溜三间，两间修车，一间卖零配件。店里有两个小伙子学徒，冯如庸是其中比较扎眼^①的那个。当时我正值有些延迟的叛逆期，留着学校明令禁止的长头发，现在看来就是非主流。而冯如庸比我还非主流，不但头发长，还染了色。大概因为没钱，他的头发经常是半截金黄半截乌黑的，且不是很整洁，活像戴了一脑袋某种节肢动物，十分可怕。但在当时，我们显然是某种同类，某种反抗精神的代表，某种智力和审美上处于优越地位的族群。所以，骑自行车儿的我和修汽车的冯如庸就这么认识了。这真是个悲剧。

事实证明，那个发型其实并不像我们想象得那么帅，因为我上学的时候一直没有女朋友，冯如庸更没有了。我好歹还有辆自行车，他连风车都没有。不过，青春期少年有爱慕的女孩是发育过程中的正常现象，正如打架、往高处跳跃或拆解复杂的机械。我跟冯如庸都有各自喜欢的女生，不过彼时我们还没有熟到可以交流这种事情的地步。据我观察，男生喜欢一个女生而得不到她的爱情时，往往转而攻向其他领域，如上所述。我转向了消耗体能、刺激肾上腺素的运动，爱上了疯狂的奔跑、攀爬和跳跃，而冯如庸则爱上了拆解机械、修理汽车。这种事，同为天涯沦落人，我一眼就看懂了。然后只须稍加观察就可以确定：冯如庸爱上了一个姑娘。这个道理不是很简单吗？一个年轻的修车师傅，穷如

---

① 扎眼：醒目，有时略带贬义。

狗，忙似驴，没有任何业余生活，他能有什么机会爱上别人？只有两种可能：路过的人和店里的客人。

一开始我以为是后者。我每次去打球，喝的黑加仑从一瓶增加到了三瓶，这让我的肾脏负担很重，妈的，但是现在找它清算已经来不及了。很快我就发现不太可能是店里的客人，因为开车来的不是男的就是老太太。有一回，我坐在马路牙子上喝黑加仑，看见冯如庸也拿着一瓶，时不时地喝上一口，迎着风不停地甩他头上的节肢动物，动作帅极了（个人意见），我顿时想起了动物世界——这小子在求爱是不是！赶忙顺着他的眼神一找，果见二三女大学生，说说笑笑往北走去。冯如庸的脑袋就如纪录片里的月球一般，缓慢而坚定地转动着，不错眼珠儿地盯着那几个姑娘，时而甩一下头。这不全明白了吗？穷小子爱上了女大学生，不消说，这必定发展成一个结局恶俗的悲剧。

结果一开始事情的发展还挺出乎意料的。我关注这件事，完全是出于一种"连我这么帅都没有女朋友你能有吗"的心理，而我有更多的时间和更恰当的理由出入那所大学。该学校极小，只有一座宿舍楼，男女生混住，四层女生，往下是男生。面向操场这一面是走廊和水房，由于楼层之间互相看不见，大约给这些单纯的大学生造成了一种有隐身树叶在手的错觉，所以他们总是穿着内衣内裤走来走去，整个楼看起来活像是被一柄巨刃从中剖开了，展现给我们的是其纵剖面，而楼内人不得而知。回想起来当时真是太不懂得欣赏了。冯如庸喜欢的女生十分好认，因为她不光有一头漂亮的长发，且所有的内衣都是粉色的，而且洗漱频率极高，每次打球都能看见好几回。掌握了第一手信息之后，我就跑去贿赂冯如庸，企图得到议价黑加仑。

冯如庸当时大概正是学徒，只能修理一些简单的毛病，活儿并不多。但他有一项特长：听力极好，善于分辨车内异响的来源。有好几次，我神秘兮兮地跟他说：你是不是看上谁家姑娘啦？是不是那个头发又黑又长又直总穿粉裙子的呀？我跟你说，我发现她——每次说到关键处，总是被他们老板一声巨吼打断："冯如庸！上车听响儿！"冯如庸干吧唧嘴，说不出话来，一跺脚转身就走了，等他再回来，我当然已经回家吃上炸酱面了。这种事能把他憋吐了血，我跟一起打球的哥们儿总是乐此不疲。要是说到关键处，老板没有叫他，我们就编点儿别的。我没有出卖内衣的事，倒不是因为我多么有道德，而是觉得这种稀缺资讯理应私藏的好。

后来冯如庸急了，怒道："嫩说不说？嫩说不说？再不说，不卖水了！"我大笑道："这也不归你说了算啊！"冯如庸就软下来，做忸怩状，求我给他讲那姑娘的事，把我恶心得够呛，为了制止他，只好说了。他听说我根本不认识人家，认为我是骗子，勃然大怒。我为了安抚他，赶忙祭出内衣的事。没想到这是火上浇油，他怒喝道："她的内衣是嫩这种人看的吗？"抄起扳手追了我半条街。

那时候，修车一条街上打架是家常便饭，修理厂之间抢生意、泼脏水引起的武装冲突每天都有，大家早已司空见惯。每个人都养成了两个好习惯：一是随身带扳手，二是有冲出来打架的就抄手看热闹。所以我被追着满街跑的时候，四周的伙计师傅全都吹口哨叫好。论跑，别说冯如庸，这条街上也没有人是我的对手，可是他们往我脚底下推轮胎，扔机滤清洗剂的罐子，最可恨的是还有人撒了一把钢珠。我到现在也不知道汽车里什么地方用得着钢珠！总之，我一屁股摔倒，冯如庸追上来骑在我身上，举起扳手就要揍我。我大喊："刀下留人！嫩青岛人咋这狠咧？你别打我，我教你个追姑娘的法门。"现在回想起来，真是太扯了，我自己还过着给姑娘写匿名信的日子，哪有什么追姑娘的法门？真可谓贼起飞智。

打过架的人都知道，你刚从地上爬起来的时候，一定得说话，切忌抬脚就跑。道理就不赘述了。总之，我开始像煞有介事地给冯如庸出主意。一开始我只是想分散他的注意力，好抽工夫逃走，但说着说着，连我自己都认真起来。男人之间是这样的：如果你们打过架（包括单方面的追打）后还能心平气和地说话，你们就会产生友情。我们之间若有所谓的友情，大概就是从那一刻开始的。

理智地说，当时我说的都算不上什么好主意，甚至连主意都算不上，只是一些最浅显的现状分析，听完只能更加陷入绝望。但是冯如庸的脑袋实在太简单了，他听得目瞪口呆，最后已经进入了朝圣的神态。当时的核心问题是这样的：你白天都在店里走不开，晚上你下班了人家也不出来了，你如何才能想见就见？你修汽车，人家姑娘又不开！你要是修自行车还差不多。不解决这个问题，一切都是空谈。这个本身就是空谈的问题使冯如庸陷入了深深的思考，我借机逃脱了，两周都没敢去打球。

根据常理推断，过了半个月，再见面时要么他已经忘了这事儿，要么就不想再提，只需一瓶黑加仑，江湖一笑泯恩仇。打完球去买水的时候，冯如庸正把脑袋扎在一辆捷达里，两手忙个不停。可见，此时他已经能上手修车，而不限于判断异响了。修了一会儿，他直起腰来，把机器盖子"砰"地一扣，发出令人安心的声响。"好了！"他吆喝道，"开走试试！"车开走以后，我看他情绪挺好，走上前去，冯如庸递上一瓶冰凉的黑加仑，酷炫地一甩长发道："你说得没错，我想出办法了！"

我曾经总结过，我的朋友有两个特点：一是胖，一是逻辑思维能力为零。两者必居其一，或兼而有之，否则跟我成不了朋友。

冯如庸不算胖，只能说是结实。所以后来我们能成为朋友，显然是因为他的逻辑太散乱了。首先，他自己想出办法，却归功于我。其次，一般的男生遇到他那种情况，哪儿还有心思想出什么办法？第三，他想出的那个办法也太天马行空了。他遇到的情况是这样的：有一天，他发现姑娘有男朋友了。这个故事，如果不是因为他实在太蠢了，每次我讲到这里都几乎讲不下去。自己喜欢的女孩有了男朋友，这有什么值得高兴的吗？就算不哭，至少也应该做出明智放弃的决策才对。冯如庸却不这么想，他高兴起来，有两个原因：

其一，他听见那女孩的男朋友叫她"小童"。也可能是"桐"或别的什么字，这不是他关心的。要是有机会面对面，只消问一句"您贵姓"，不就知道姑娘的全名了吗？

其二，那男的骑摩托车。这不就行了吗？比自行车靠谱多了，只要说服老板增加一个修摩托车的业务，不就结了？

听完，我目瞪口呆，瓶子差点儿掉了。我从没听过这么神经病的分析。我们知道，一般人们说的"神经病"往往是"精神病"，但我觉得他这真的是"神经病"，是发生在大脑某个关键区域的器质性病变导致的，否则解释不通。我想要反问的问题千头万绪，最后落在这样一个问题上：怎么说服老板增加修摩托车的业务？冯如庸说，嫩咋这傻，能多赚钱干吗不赚啊！我问，你会修吗？冯如庸一缩脖子说，我×，这我倒没想过咧。

夏天过去了，冯如庸工作的修车铺门口支起一个落地灯箱，上写三个大字：摩托车。这主意是冯如庸出的。他对老板说，这一条街都是修车的，谁也不会以为嫩是卖车的，灯箱就这大个儿，能省一个字是一个。冯如庸要是把这些智力用在正道上就不会有今天了。

接下来的问题是，人家的车什么时候能坏？对于这个问题，冯如庸表示早打过算盘。他花了1000块钱，不但学会了修，还会改装，所以北边儿的零件门市部里还增加了摩托车配件。所以说，爱情绝对能增加智商，恋爱中的人是傻子这种判断都是没谈过恋爱的人的嫉妒之词。这个计划实施成本虽高，但马上就见效了。这再一次证明我其实才是那个智商低的。有一天，一个剃圆寸头、戴大蛤蟆镜的皮夹克少年骑车带着叫小童的姑娘轰轰轰地来到修理铺，想要加装一对皮质车把儿飘带。无巧不成书，我正在店里喝黑加仑，看了一场好戏。冯如庸殷勤至极，上蹿下跳，装了半天出了一身汗才装上一边儿。他停下来休息的时候，竟然还给姑娘递上一瓶可乐，妈的，连我都没享受过这待遇。姑娘笑着说"谢谢"。她笑起来，两眼弯弯的，看不见白眼仁儿，黑黑的很漂亮，而且一歪头，一头直发都跟着你的心跳"唰"地一摆。"嫩眼光不错嘛。"我用胳膊肘杵了冯如庸一下。他飞也似的逃开了。一对儿都装完以后，皮夹克少年带着姑娘轰轰轰地开走了。冯如庸一下子瘫在地上，满脸都是汗和痴笑。"她说话真好听。"他说，

"哎，你说那摩托车响起来，像不像'冯冯冯冯冯冯'？"说来奇怪，这么一句普普通通的话让他一说，听得人特想报警。

这一战役是冯如庸一生智力水平的巅峰，它表现出惊人的预见性和对人性准确的分析。"要卖零配件！男人怎么会让女孩子看见自己的车坏了，还带来修？男人只会带女孩子来，给她看自己的车怎样变得更牛逼。——小武侯冯如庸"。这是杜撰的，实际上并没有小武侯这个绰号，因为他的智力水平没能维持多久。暑假过去，秋天来了。再开学时我去打球，发现摩托车灯箱没了。我问冯如庸，答说因为用不着了，该知道这儿能修的人都知道了。他那张臭脸简直就像在同声传译："因为小童的男朋友不骑摩托车了。"这时候我们已经讨论过追女孩的事，想不承认是朋友也不行了。男生之间只要讨论过这个就是朋友了。讨论世界杯、贝雷塔和二战都没用。

实际上，其表情传递的信息是不完整的。完整的信息是，小童换了一个开汽车的男朋友。用现在的眼光来看，这当然是再正常不过了。我上高三时，因为自己留级，喜欢的女孩儿先上了大学。我想去大学找她玩，哥们儿都劝我：别犯傻，你至少得有辆摩托车才能去大学门口接姑娘吧？你瞧，这就是当时北京青年崩坏的世界观，但至少有一定的代表性。

关于小童换男朋友这件事，我最大的感受其实是这样的：你在这家店里还真他妈是呼风唤雨啊！你说增加业务就增加业务！你说卖零件就卖零件！你说支灯箱就支，你说撤就撤！这个谜不久以后就解开了，不过现在先说说小童那个开汽车的男朋友的事。

这事儿捞干的说，其实没什么好解释的。值得一提的只有一点：小童这个新男朋友，长得跟那个骑摩托车的简直是一个模子刻出来的，以至于连冯如庸看见停在路边的捷达上走下来吻别的俩人，都差点儿错以为是那小子鸟枪换炮了。两个男朋友一模一样的圆寸，细眉朗目，胡子刮得溜光水滑，身材瘦瘦小小的，透着一股机灵劲儿，一走一动都跟弹簧似的，倍儿有劲。冯如庸一党在应对小童换男朋友这件事的策略上，一如既往地体现出其建立在完全不存在的逻辑体系上的自成一体的逻辑：他们挂了一块"专修捷达"的牌子，因为小童的新男朋友开的是一辆捷达。他们的逻辑基础是，只要来店里修车就能见到小童，甚至能跟她说话，因为修汽车的时间比修摩托车长得多。这个逻辑基础首先就是错的：他们吸引来的是小童的男朋友，而不是她。这对追姑娘这件事本质上毫无裨益，且与前述那句充满智慧的哲言互相冲突。关键是，就算你挂出了"专修捷达"的牌子，也不具备排他性——镜头收回，视野扩张，画面中充满了整条街上形形色色的"专修捷达"。这一点儿都不让人意外。我的朋友逻辑水平都这个德行。

真正让人意外的是，他们还真来了。牌子挂出去没多久，小童贤伉俪就来修车了。"车子漏水，"小童的男朋友说，"另外水温总是高。"老板打开机器盖子看了看，一撇嘴，说了句"冯如庸，上！"，就坐到房檐底下抽烟去了。这位老板看年纪足可以当冯如庸他爸，脸上布满深可及骨的皱纹，令人联想到一幅油画，好像就叫《父亲》。我正在一旁喝黑加仑，天气凉了，我喝得慢了许多，有时候都喝不完一瓶了。我一边喝一边跟老板聊天。我言语轻蔑，态度佻浮，大意就是，这小子真会修车？老板掐了一颗烟，又点上一颗，慢慢地给我讲。冯如庸的形象缓缓地在我心里翻了个身。

那年才十八岁、还没摸过汽车的我，完全把修车这事儿想错了。我凭年龄判断，跟我差不多大、平时没活儿干，还兼管卖饮料的冯如庸，肯定是个学徒。实际上，冯如庸从一开始就是这家店的王牌。他连技校都没念完就出来了，因为他有一双神耳，能判断出车里最细微的声响是从哪个部位发出来的。开过车的人肯定知道，车里的异响最常见、最烦人、最难找。你听着觉得在右边，到右边一听又觉得在后边。最后你像蜘蛛一样把车厢爬了个遍也找不到。而一个具备冯如庸这样神奇听力的人，再加上对汽车结构的基本知识，就成了解决车内异响的利器。整条街上，这家店最出名的就是解决异响，所以这家店里经常来一些好车来修。这些高级车自己的修理厂都解决不了一些讨厌的声响，冯如庸坐进去一听就能把问题抓个现行。在同龄人还拿豪车的车标当小花园里换烟换啤酒换地盘的硬通货的时候，他已经坐过劳斯莱斯和奔驰了。

但是冯如庸在真正动起真格的来学汽车修理的时候，选择的却是捷达。那时候捷达还是不错的车，比天津大发什么的高级多了。家里有捷达的过去肯定都是万元户。彼时的捷达以皮实著称，细节其实并不太像德国造的东西，不是这儿松就是那儿垮，总发出奇声怪响。这给了冯如庸一个很好的过渡。他获得了大量的实践机会来修理捷达，解决了千奇百怪的问题，只为了备战小童和新男朋友的到访。

老板喊他上场时，他那个劲头就像腰上已经有幅金腰带，十根手指套满了总冠军戒指，两脚还穿着金靴一样，走过小童身边时竟然还甩了一下头发，我跟老板同时以手掩面。他来到车前，更不打话，两手并举两把螺丝刀，起下一个塑料盖子，拎出一面看不出什么材质的恶心的网子。对着阳光一看，上面有虫子、柳絮、泥和不知名的黏液。小童跟圆寸同时往后一缩。冯如庸踏着轻快的步伐，走进北间，拿起一个手枪状物体，对着那个网子猛扣扳机。手枪吹出一股劲风，网子上的恶心物体飞得满天都是。他一边操作一边吹口哨。我说我愿意用十年阳寿换他不吹口哨，老板说我出二十年。吹完网子，泡在一盆清水里，他又拿铁丝在发动机舱两侧使劲捅，一下一个洞，十分骇人。我大惊，呼声"我操"，站了起来。老板淡然地说，没事，没坏。原来那是本来就有的排水孔，被泥和树叶堵住了。捅完之后，端来水盆往上一倒，畅通无阻。顺便拿出网子插回原处，上紧盖子，"砰"地落下舱盖，完工。

整个过程没有事先的演练和思考，没有丝毫的失误和停顿。他用看起来最简单但实际上是最标准的工艺（除了吹口哨的部分）解决了问题，并且把这些最简单的工艺表演得神乎其神。外行看起来，就像是一位遁世高手在演练一门绝世武功。他拍了拍手，走到小童面前，一甩头发，用大拇指往后一指："修好了！"小童的男朋友愣了一下，皱着眉头走过去坐进车里试车。小童又笑了，她轻轻说：

"你真厉害！"

那时候我想，操，完了，冯如庸的一辈子交代了。有时候我就是这么睿智，我自己也没有办法。小童笑着说话的时候，既不升高音调，也不加快语速。她的声音既甜又脆，还有一点儿沙哑；她的语气里同时有少女的娇柔和大姐姐的慈爱。那是一种充满矛盾的声音，美得让人想闭上眼睛。她一说话，你不会注意到别的什么事了。对我尚且如此，何况是冯如庸呢。

走的时候，老板隔着窗户客气道："嫩最好别出毛病，但是万里有个一呢？就来我这儿，我们修捷达一绝，嫩早听说了吧。"我模模糊糊地听见那个小伙子说："没听说，是我女朋友告诉我的。"然后他们就"冯冯冯冯冯"地开走了。冯如庸站在尘埃里，哭了。

回家以后我问我爸，捷达毛病多吗？我爸摇摇头说，那车棒极了，很少出毛病。我说那为什么满大街都是专修捷达？我爸说是开的人有毛病。我当时理解错了。后来我知道捷达这车的性格像个山东汉子，直爽豪快，能打能扛，但不太细致。开车的人不大在意，车很容易受伤。且吃的必须好，吃不对付就闹病。这也解释了为什么接下来的一年多里，剧情走上了平稳的路线。冯如庸跟小童之间，一点儿进展也没有，反过来也没有退步，一切都像是封闭在一个时间循环里演着相同的剧本，直到第二年暑假，冯如庸得到了他的第一辆车。

那一年，街北头开了几家酒吧。开酒吧的人自成一体，跟开修理厂的人不是一个圈子，很谈不来，酒吧和修理厂势力接壤的地方经常打架。修车一条街有个名声在外：这帮青岛人平时自己跟自己老掐，但是如果有外敌入侵，他们会变得空前团结。那时节，每个店的老板都手持巨大凶猛的冷兵器，跟酒吧行业背后那些货真价实的犯罪势力做斗争。在一次械斗中，冯如庸的老板受了伤，需要休养很久。冯如庸见着我，一甩头发，自豪地说：咱老板打架，那俏猷^①！手里那扳手，一下一个，一下一个——我没见过这种大规模械斗，一直到后来大学的时候看了部电影叫《纽约黑帮》，里面有个扛巨大十字架的汉子，看起来威武雄壮，没两下就让人干倒了，我对冯如庸说的那个情景一下子有了画面感。其实那时候冯如庸还在三里屯，但是我没找他聊这部电影，后来没机会了。

　　老板养伤不在店里时，冯如庸成了一把手。他才二十岁不到，就撑起买卖来了，我还在带锁的日记本上模仿卡夫卡呢。冯如庸当家时，遇到需要开出去试车的异响故障，一般不接，以防小童他们来的时候他不在店里。他这套奇怪的逻辑贯彻了这么久，连我都快被他洗脑了，我几乎觉得这样下去他能成功。给喜欢的女孩的男朋友修车到底能成什么功，我当时可能没想这事儿。果不其然，有一天，冯如庸刚送走一辆来查异响的车，那辆满身是伤的捷达就开来了。那小子开车一定特别鲁莽。门一开，那个圆寸小伙子下来了，小童没露面儿。这倒也不是头一回了，冯如庸也没觉得奇怪，但那圆寸着急忙慌地催道："机油灯亮了，走两步就熄火，一熄火连刹车都没了！你快看看！"说话带着哭腔。冯如庸如临大敌，举起舱盖，拉出机油尺，也顾不上戴手套，徒手一抹，眉头皱了起来。"不缺啊！"他叹道，拉开车门坐进去，点

---

① 俏猷（音qiao chua）：青岛当地方言，大概是动作灵敏凶猛之意，不甚明了。

火，摘空挡，踩油门，没两下果然熄火了。他从屁股兜掏出手电，叼在嘴里，其动作迅如闪电，像特工掏枪一般。在他检修的过程里，圆寸一直咬着指甲在一旁走来走去，不时探头看一眼，或是用手掌用力摩擦寸头，发出沙沙沙的声音。冯如庸依次检查了各个机构，在发动机舱里这儿捏一把，那儿拧一下，发动机时而发出轰鸣，时而呻吟着熄火。他的头发太久没染，这时候已经全黑了，湿漉漉地垂下来，他用手一抹，脸上就是一道黑，抹了几次，他就变成铁血战士了。这时，圆寸用力一拍头顶，一咬牙，说道：算了！别修了！

后来冯如庸讲到这段时，我脑子里非常乱，因为我也经历过喜欢的女孩子有了男朋友这种事，但是我没跟暗恋对象的男朋友见过面，更别提给他修车了。在他说"算了"的时候，冯如庸也跟我一样乱，他不知道是该失望，还是该羞愧，或是该恼羞成怒。

不过跟接下来的事情相比，这只不过是专业领域上的一次小小挫折而已，跟感情无关。而下面这些剧情才是感情戏。圆寸说：别修了，来不及了，我要去机场。冯如庸不知道说什么，没搭茬儿。圆寸走了两步，又回来说：

"我去新西兰，"他说，"不回来了。如果施小童来了，就让她开走吧。"

施小童。这三个字给冯如庸带来了多大的冲击已无据可考，因为他自己坚称当时非常平静，而这是不可能的。

圆寸走之前又补充说，如果施小童不来，这车就给你们吧，反正我也不回这鬼地方了。

"鬼地方"三个字让我听了心痒难耐，觉得这里面一定有个巨大丰满的故事可以挖掘，可惜已经挖不到了。

"祝你好运吧，哥们儿，"他最后说，"你喜欢施小童吧？你可长个心眼儿啊。"

这当然是我们所有人最后一次见到圆寸，不然冯如庸也不会得到那辆破捷达，并在上面写满了字停在路边当招牌。老板伤愈复出之后，两人一起嘀咕 ① 了半个月，最后判断这辆车要修好成本太高，在没有确定归属的情况下不值得冒险，就凑合开到路边堆在那儿了。过了几年，酒吧和夜店往南蔓延，逐渐侵蚀了修车一条街的大好河山。老板把门脸儿一盘，在附近一个什么电机厂大院儿里重新开了个店。那时候，冯如庸已经成了这条街的"捷达王"，一手听声辨位走遍江湖没有对手，手下修过的捷达成百上

---

① 嘀咕：此处指摆弄、鼓捣，该词也作小声说话之意。

千，到了酒香不怕巷子深的境界。这是老板的想法，冯如庸不敢说不赞同，但他始终觉得施小童会来的。于是他把那辆捷达留在街上。客观地说，这是个双赢的战术：施小童认得那车，车上有地址电话，又可以当广告。经历了市容、城建，以及脱胎于环卫、吸收了部分城建职能的城管，哪股力量都没能撼动这辆合法停在车位上的私家车。

但是，傻×，施小童是大学生，她得毕业啊。我也是偶然想起这个傻×。我并没有打算去看望冯如庸，我有很多更好的铁哥们儿一毕业都没了踪影，我的交际维护能力大抵止步于此。后来我买了车，又换了车，修了那么多次车都没想起他来。直到有个开捷达的同事偶然跟我说起他的车出了奇怪的毛病，一开起来，后备厢的位置就发出女人哧哧哧的笑的声音。此时，冯如庸凭其走遍江湖的听声辨位手艺和他那头长发从记忆深处跳了出来。我跟同事介绍道，我认识一个专修捷达且解除异响一绝的师傅，不知道还活着没有。

找到他的店很容易，到了原来店址的地方，没费多大劲儿就看到了那辆破车；顺着车上的线索来到大院深处，开阔的停车场上停满了捷达，得排队。我拍了拍同事的肩膀说，排个屁，我走走后门儿去。一进店门我就打听，冯如庸在吗？我打听的对象其实就是冯如庸，他抬头跟我照了半天眼儿，谁也没认出谁来，最后只好互相自我介绍，大好的江湖重逢剧情就这么被破坏了。我们居然还握了握手，只能说时间这东西太厉害了。修完车送走了同事，我去三里屯溜达到傍晚，吃完饭又喝了一杯，才回店里找冯如庸叙旧。他正在吃盒饭，拉了两句家常之后，听说我在搞IT，突然问我：你会上网吗？我说，嫩咋不说嫩了？他说，你要是会上网，帮我找个人呗？说完露出一口白牙，嘿嘿嘿地乐起来。

不用问，他要找的人当然是施小童。据说他在三里屯南街上前后看见过她三次，都没敢打招呼，但可以确定她还在这一带活动。我惊了个后滚翻，问道：这么多年了，你还没换对象哪？就你这点儿胆量，就找着了还能怎么的啊？弄不好人家都结婚了。冯如庸拿筷子扫着饭盒底，低着头说：也不怎么的，就是把车还她。我还想说：你还她就要啊，那都第几任前男友的事儿了？但转念一想太过伤人，就没说。此时我已经有过几个女朋友了，他还守着最初的信念，我已经不再只有智力上的优势了。我帮他找人这件事，本来打算糊弄糊弄就得，没想到真让我糊弄着了，那是一个互联网安全十分堪忧的年月。总的来说，这才叫真的伤人。

关于怎样在网上找到一个人，其实只要知道其履历中的一两个关键环节，再编造一些身份，打几个电话，就能弄清其他环节。这里面的具体方法，还是不说的好。然后借助当时还刚刚起步的社交网络，结果就那么自然而然地浮出水面了。那时候人们常说"网络无美女"，其逻辑是，美女都忙着谈恋爱，没时间上网。事实正反抽了他们几次脸，因为网上不但有美女，而且是最活跃的一个人群，若找不到，只能说是智力差距。在这种智力差距下，就算他们撞大运找到了也没用。

　　真正的难题是，怎样跟已经找到的施小童建立联系。这个难关我也渡过了，凭的是脸皮厚和我们张家的家训：张弛有度。个中辛苦，我已经不想再回味了，我自己追姑娘都没这么惨过。实在是太丢脸了。作为回报，施小童同意"去看看"，但会"带几个朋友"。这真吓人。我们约在破捷达处见面，双方都好找。见面那天是个阴天，这一般预示着惨剧的发生。不过惨剧不是当天发生的。当天最惨的是冯如庸的穿着：他穿了一件西服，袖子极长，扣上了所有扣子，胸口露出一截红白条的领带，我看了差点儿转身奔逃。但是如果逃的话，到此为止吃的所有苦、丢的所有人就都白费了。总得看场热闹吧！我对自己说。

　　施小童变了多少，我已经记不清了，这么多年一直喜欢着她的人又不是我。但冯如庸见到她的时候完全傻了，一句人话都说不出来，眼圈儿红润，眼泪愣往回憋，那场面真让人于心不忍。最后只好由我将他的中文翻译成中文，我对施小童说了车的事，那个失踪多年的圆寸青年的事，以及冯如庸并没有说的一些事。因为她带的朋友是两个女孩，两个姑娘一直在一旁指指点点，哧哧偷笑，十分讨厌。后来的事情证明这两个姑娘是帮凶，而元凶正犯就是我，而不是施小童。但当时我哪里知道，兀自滔滔不绝，挥霍着我积累多年的说书天赋。我觉得我把冯如庸和施小童都打动了，因为施小童一开始还说笑答对，到后来也只是愣愣地听着，不再说话。

那天的书是这样收场的："我讲的这些事，你可能早就知道了，也可能现在才知道，但没关系，这些都不重要，重要的是隔了这么多年，你们俩总算是他妈的认识了。"这句话是发自肺腑的，我只有发自肺腑时才说脏字。大出所料的是，施小童低头玩了一会儿衣裳角，然后慢悠悠地说道："这车，这车我改天再拿吧，到时候，也许我们可以先吃个饭什么的。"

天空中咔嚓一个响雷，下起雨来。这是真的还是我脑袋里虚构的，我已经记不清了。施小童走时，还要了冯如庸的手机号。冯如庸一指捷达上刷的字：就这。施小童记了号码，亲切地捏了捏他的手指，温柔地笑笑，走了。冯如庸如痴如醉，这个状态维持了好几天。想必那是痛苦又幸福的几天。一段痴等了这么多年的不靠谱恋情，突然走向了高潮，这么明显的问题，以我之慧眼，竟然没有看出来，可见我也被促成一段姻缘这种根本不可能存在的好事蒙蔽了。这是我的错，我有罪。

那几天，冯如庸接起每个电话，如果不是施小童就立刻挂掉。

这样当然会耽误生意，但哪还管得了这许多呢？过了差不多一个礼拜这种非人的生活，要等的电话终于等来了。施小童约他拿车，顺便吃饭。或者原话说的是吃饭顺便拿车？有些人很在意这种细节，我就因为说过"我回来领报销，顺便看看你们"这种话而被领导训斥过。施小童很贴心，贴心到令人心碎。她定了餐厅，并且在告诉冯如庸她请客的同时又很有技巧地安慰他不必担心没有别的意思。现在想来，她的每一句话听起来都有好几层意思，识相的话就不要去送死啊浑蛋！但那时候就是有长二捆①也拉不回冯如庸，他去赴约了。

　　我讲故事时，或听故事时，遇到故事里的人干了特别丢人的事，常常进行不下去，自己的脸和脖子红得跟熟虾似的。现在我就在这种状态下讲接下来的事。施小童定的是一家高级西餐厅，就在工体北路上，想必贵得很。西餐的洋规矩是极多的，冯如庸到得早，如坐针毡。那个该死的 waiter（服务员）三不五时地踩着轻快的鼓点儿蹦跶过来，一会儿问问点什么餐前酒，一会儿问问上什么前菜。冯如庸啥也不懂，就都说随便。要是稍微有点儿理智，他应该说"等一会儿人来了再说"。不过就结果看来，作用也不大，这个局设得太完整了。施小童用冯如庸的名字预订了座位，点了最贵的套餐，然后，没来。

---

① 长二捆：长征二号捆绑式运载火箭（CZ-2E）。

冯如庸僵直地坐在灯光已熄灭大半、客人早已走光的西餐厅里，面对着一桌随便上来的菜和酒的样子，简直无法想象。我如果想，完全可以把这个场面描绘得很生动，但这太残忍了，对所有人都是。真正残忍的是，冯如庸到那时都不认为自己上当了，他还在担心施小童出了什么事，因为她的手机关机了。施小童伤害的就是这么一个傻×，这就是真正的残忍。

冯如庸打电话找我，不然结不了账，走不出那个门。他可以找别的朋友，但他大概生了我的气，觉得我应该负全责，因为他一路上一句话也不说。我们就这样沿着工体北路走回三里屯南街，我还是第一回陪大老爷们走这么远的路。回到店门口，那辆捷达已经刷了漆，补了胎，换了灯，不知道花了多少钱整饰一新，准备迎接未知的命运了。因为路上一句话也没说，我到这时候也不知道到底出什么事了，所以整个局面里最莫名其妙的人是我。冯如庸给我讲了事情的经过，他那时福至心灵，用了十个字就说明白了。

"她耍我，嫩知道吗，她耍我。"

冯如庸等到餐厅关门上板儿，给我打电话之前，给施小童打了个电话，通了。电话那边特别吵，有巨大的音乐声、尖叫声和笑声。施小童喊了几声，声音让冯如庸觉得空前陌生，虽然他前后也没听过她说几句话。接着那边几个女孩同时大笑起来，中间掺杂着兴奋的尖叫，能分辨出"丫真去啦"这样的碎片。末了，施小童开心地大笑着对话筒喊："冯师傅！您不是当真了吧？"

讲完，他站起来，拉开捷达的车门，坐进去，点火。捷达发出健康性感的声音，像一只蓄势待发的大狗。我拉车门，他从里面锁上了。我大喊，你上哪儿啊？他摇下一半窗户说，我找她去。我说，找着以后哪？他说，嫩别管了，嫩找我老板要饭钱。说完一掰轮儿一踩油门，尾灯拖着一道红光，转出院门不见了。

当时应该还不到晚上 12 点，出事的时间是早上 6 点，因为是河边遛早的大爷发现的。这说明他还真找了一晚上。万一找到了，他打算怎么办？找不到又怎么办？我也干过类似的事情，高中时被宣判留级之前，有个铁哥们儿不知道怎么得到了内部消息，打电话告诉我。我惊慌之下，骑上自行车就走了，也不知道要去哪儿，找谁，找到怎么办找不到怎么办，全不知道。区别是，我是慌了神，而冯如庸则是断了线。他和他坚定的信仰之间有一根缆绳，现在它断了，对他来说，这无异于万丈高楼一脚蹬空，扬子江心断缆崩舟。这些比喻都没用，都说明不了他当时的心理状态，没有什么比喻能做到这一点，除非你自己经历一次。这种事谁也不会再经历一次了，回想起来，整件事充满了不可能，充满了显而易见的漏洞，充满了可笑的判断和愚蠢的念头，充满了随时挽救一切的可能性，但依然一步一步走到剧本最后一行。剧本最后是这么写的：

　　我站在河边，看消防官兵打捞捷达。捞上来一看，车里没人。有人下水找人。更多人在河岸围观，记者站了一地，一些愚蠢的主持人不断地对着镜头指出他们看到的东西叫什么名字——我看到消防车，我看到一辆白色捷达，我看到许多围观群众。没人关心事情的前因后果，人们只关心事件本身。因为它已经从一个可悲的爱情故事变成了一起发生在凌晨的突发事件，接下来它会上报纸、上广播、上电视。冯如庸修了那么多年的捷达，修了千百辆捷达，他的手艺连大众汽车的人都服了，还送来了一座水晶奖杯，上面刻着"捷达王"。就这样，他都没上过电视。我想了想，决定不再等捞出人来，转身走了。

宗大胆儿

　　宗大胆儿是我高三时候班上的插班生。那时候我并不太懂什么是插班生，等我弄懂了才发现，宗大胆儿其实是冒牌的插班生。正经的插班生是说：人家借这个学校的高三参加高考，或是复读。而宗大胆儿则是一直毕不了业的超级留级生。因为我高二那年他休了学，再回来，摇身一变成了插班生，真是岂有此理。不过若跟宗大胆儿讨论此事，他还觉得颇为惋惜，因为如果不是因故休学的话，他就是解放以来留级最多纪录的有力挑战者了。我毕业以后，跟老校长打听过这个人，真是吃惊非小，因为他在同一所学校待的时间，已经只有江户川柯南和草薙京有希望打破了。

有关宗大胆儿休学的原因，我是要补充一下的，但这件事要往后放一放。与他干的各种鸟事相比，那件事也不是非提不可。还是先说说这个人本身。宗大胆儿插班时，已经开学两三周，座位早已固定。按照江湖规矩，老师将他安排在留级生专用的最后一排西南角，与我同桌。他一跟我打招呼，吓了我一跳，以为见了鬼。这人的眼睛几乎看不见白眼球，黑眼仁儿占了绝大部分面积，导致他无论看哪儿都像在盯着你看。我从没见过黑眼球这么大的人。英语课上讲高考作文的写作，老师让同桌写下两三句对彼此外貌的概述。宗大胆儿对我的描写，翻译成中文大意是：瘦，头发长，长得无聊。真是神来之笔。我对他的描述则是：瞳孔扩散，瞳反射消失，不行了。为此我还查了半天字典。

班主任的课上，老师让新同学自我介绍。新同学即留级生与插班生。轮到他时，他慢悠悠地站起，环视四周，笑眯眯地说：我叫宗东东。我敢打赌，当时百分之九十的同学都没听懂他在说什么。这一方面是因为这个名字太奇诡了，另一方面则是他那对黑眼睛笑起来实在太可怕。你一看他，好像就要被吸进去似的，这个比喻既可以用来形容美少女的大眼睛，也可以形容宗大胆儿恐怖的黑眼球。真正可怕的是，他还长了一双笑眼，一说话，眼睛就弯成两道弧线，里面露着漆黑漆黑的瞳孔。

由于他的名字比较奇怪，很长时间里大家都不愿意叫他，这客观上造成了一种他很不合群的假象。实际上接触多了就会发现，他其实是个自来熟，因为他根本不懂什么叫拘谨，怎么叫客气，更别提优雅与矜持了。由于刚开始没什么朋友，他显得很孤僻，也没什么存在感。有一次体育课，我去器材室拿篮球的时候，发现操场边的双杠上立着一个人棍。走近一看，原来是宗大胆儿双手抱肩直立在双杠上，眯着黑眼睛（即便眯着也很大），若有所思。当时我想，这人胆儿真大，摔下来怎么办？我太天真了。

时间一长，年轻人终归还是会熟起来。我渐渐敢看他的眼睛了，与此同时，我发现这人太不正常了。刚开始我以为他是傻，不然怎么会留这么多次级？后来我一想，我也留级了，我又不傻，一定有什么别的原因。我之所以觉得他傻，原因是这样的：这人没有趋利避害的本能，不会躲避任何危险。比方说，午休时穿过足球场是一件危险的事，你必须左顾右盼，快速通过。但宗大胆儿则双手插兜，慢悠悠地走过。有足球以亚音速飞过他脑后，他就跟没事儿一样，继续往前走。有时出去吃饭，需要过马路时，他则表现得特别浑蛋——这是从多年以后我已经变成一名司机的立场来看的——他像一只拧发条的青蛙一样，有节奏地迈着两条短腿，不疾不徐地过马路，如果有自行车高速驶来，他既不看，也不躲闪，最后总是自行车骂骂咧咧地躲开。

不仅如此，宗大胆儿上课时胆子也特别大。他总是接老师的下茬儿，搞得老师七窍生烟，而你从他接的下茬儿里，似乎能感觉到恶意，又似乎没有。而且他举手也特别踊跃。老师讲试卷时，一般会礼节性地说一句：我讲一题，不懂的举手，没有就继续了。这句话的意思是说，你们都给我闭嘴，听我讲就行了。结果每道题宗大胆儿都举手。后来老师生气了，问他：你是成心的吗？他笑嘻嘻地说，不是呀，我真不懂，不然能留级吗？把老师气了个半死。

宗大胆儿挨过一次警告处分，这个处分是我校历史上最离谱的处分。它的理由是"放学后在楼顶上行走，危及公共安全"。事情是这样的。那是一个夏天的晚上，眼看就要高考了，按说这种时候，你只要没犯什么大逆不道的错误，学校都会放你一马，让你赶紧滚蛋了事。宗大胆儿不知道怎么想的，也不知道是从哪里爬到了教学楼的楼顶上。我们在操场上争分夺秒地利用静校前最后的几分钟打球，忽然有人叫道："楼顶上有人！"顺着说话人的手儿瞧，只见宗大胆儿左手托右肘，右手捏着下巴，沿着教学楼顶的边缘慢慢地踱步，口中似念念有词。我一惊，连忙大喊："宗大胆儿！你干吗哪？"同学照我后脑勺就是一掌，把我的枕叶都震碎了，喝道："别嚷嚷，吓着他再掉下来！"我捂着脑袋回头骂道："傻×，那是宗大胆儿，能让我吓着吗？"说话间，只见宗大胆儿右手握拳一砸手心，然后坐在楼顶上，两条短腿悬下来，继而身子一翻，两手扒住房缘，做了个反向的引体向上，整个人慢慢悬垂下去，双腿一飘，从窗户钻进教室里去了。我们教学楼不高，只有六层。被抓获后，老师问他去楼顶上干什么，答曰背单词。

　　事后，我们留级生族群对他挨这个莫名其妙的处分十分不平。宗大胆儿自己倒是很淡定，他说其实学校每年都会给他一个警告处分，然后他一留级，这个警告处分就没人追究了。现在回想起来，这大概就跟现在驾照每年会在固定时间清分儿差不多。但话是这么说，宗大胆儿还是有些生气，因为以前的处分都是因为跟人打赌，干出种种不靠谱的坏事来，这次只是爬了个楼顶。几天后，班主任点名批评宗东东同学，说他私自进入供暖重地，干扰他人工作，遭到了投诉，太不像话了。这件事我知道。他是爬上了供暖厂的烟囱，快要爬到最高处时，被工人发现了。因为个子小，远处又看不真切，他被当成了淘气小孩儿。工人们又是哄又是劝，还替他爸爸担保不打他，总算把他弄下来了。真实的原因是他自己在上面待无聊了。供暖厂就在我爸单位对门，我溜出来想去游戏厅。那个游戏厅就在供暖厂院门口，围了一票工人，指指点点，一位领导用《驾驶园》杂志卷成喇叭喊话。宗大胆儿磨磨蹭蹭地爬下来以后，一边掸身上的灰，一边念念叨叨："Gratitude：感谢、感激的样子。"把所有工人都吓傻了，再一看他那双大黑眼珠子，都以为这孩子准是疯了。

宗大胆儿在班里自有其用途。一些特殊的场合，老师和同学都会马上想起这个人。比如说，夏天里，正考着试，教室开着窗户，突然飞进来一只硕大无朋的蜂。该蜂既像鸟，又像马蜂，嗡嗡不休，飞得又快又鲁莽，有时还撞墙。女生们花容失色，老师也吓得不轻，教室里一时乱作一团。宗大胆儿趁乱问我："这题选啥？"我怒道："选你妈！快去抓马蜂！"宗大胆儿微笑道："这个不是马蜂，是蜂鸟，鸟类的一种，只是长得像马蜂而已。"这时老师撕心裂肺地尖叫道："宗……宗宗……宗东东！你快把那个轰出去！"宗大胆儿无奈起身，卷起试卷，大步上前。打蜂之前还回头跟我说："其实我是骗你的，亚洲根本没有蜂鸟。"啪。没打着。他抢起卷子，咬着牙，挥一下就从牙缝里龇出一句"×你妈，×你妈"，挥舞动作正好落在×字上。那蜂狂乱地跟他搏斗了一阵，落荒而逃，从窗户出去了。宗大胆儿趴窗户往外看了看，半拉身子都出去了。看了一会儿，钻进来说："跑了！"说着一挥手中的试卷，就像在宣布刚刚成立了一个政权一样，教室里爆发出一阵掌声。

宗大胆儿的另一个重要用途是赌钱。在我们留级生中间，流行着一个秘不外传的玩法：用宗大胆儿打赌。这是一项需要集体开动脑筋的运动，需要参与者智、体、美、劳全面发展。例如，甲（通常是我）和乙打赌：你说宗大胆儿敢干这个吗？赌上之后，再由甲出面跟宗大胆儿打赌：你敢干这个吗？如果他敢，就算甲赢，反之乙胜。这个游戏的乐趣不在于输赢，而是双方都期盼着能发明一件宗大胆儿不敢干的事情，并以赌博的形式验证它。可惜并没有。像对女老师告白，闯进体育老师办公室坐下跟他对视这样的水平，习以为常，根本拿不出手，还把体育老师吓得跑了出来。有这么一回，开年级会，副校长讲话。这个副校长有个毛病，每讲几句，就要问一句"大家觉得对哇？"然后并不等人回答，接着便讲。我们赌宗大胆儿敢不敢接一句"不对"。这件事后来把副校长老太太给气哭了，现在想想真是不应该。但是，我们还是没能发现宗大胆儿不敢干的事。

快高考那几天，我们这些留级生已脱离管控，上学期间溜达出去根本没人管。这天下午，天热得都带咸味儿了，每个人脑袋里都有根保险丝要熔断了。有的人已经断了，情绪失控，当街打起架来。我们几个人喝完汽水，就坐在路边看打架。严格来说，那不能叫打架，只能叫打人。打人的是一个胖子，约有一米九高，好像大白天就喝醉了，口齿不清，揪着一个瘦小的中年男人乱打。看起来那个小个子似乎是个富康司机，胖子过马路时，他没有停车，镜子碰着了他。胖子边打边骂："你是不是瞎？是不是瞎？"来回来去就这么一句。我身旁恰好有个乙，我跟乙对望一眼，互相会意，便敲敲宗大胆儿肩头问："你敢劝架去吗？"宗大胆儿把空汽水瓶往路边一扔，站起来拍了拍屁股。宗大胆儿彼时可能一米六出头。

　　他走上前去，喊了声"嗨"，然后歪着脑袋皱着眉头看那个胖子。皱眉头肯定是因为太阳太毒了。胖子按正常逻辑扭头骂了他两句，发现他还瞪自己之后，就放开那个中年人，冲他走过来。按照剧本，下一个镜头肯定是胖子双手推他肩头。这时宗大胆儿可以选择后退一步，胖子必然再推，边推边挑衅，等他再推时，一闪身就可以让过他去，回头给他个脖儿切。体育老师教导我们，脖儿切很危险，不要乱用。所以我这时候有点儿后悔和担心了。没想到胖子骂骂咧咧地走过来，还没等抬手，宗大胆儿突然一弯腰，俩胳膊对环儿一搂胖子的膝盖窝，往后一拖，胖子应声而倒。宗大胆儿放开怀里的一条左腿，双手扭住右腿一转身，一脚踩在了胖子裆上。路旁的我跟乙不由得捂住了眼睛。后来那个胖子缩成一团半天不动，可能睡着了。宗大胆儿抬手冲富康司机打了个招呼，叫上我们走了。

　　这件事之后我才知道宗大胆儿不光胆儿大，而且手重心黑，是个狠角色。那个跟我打赌的乙，我们都叫他黑八，是左近出名的又混又能打的。我问黑八，你以前知道宗大胆儿这么厉害吗？黑八憨厚地一笑说，怎么不知道？我都不敢惹他，你最好也别惹他。我问为什么，黑八答说："这人不一定有多厉害，但是胆儿太大了，你永远不知道他能干出什么事来。你知道煤油灯儿吗？"这个煤油灯儿是我们这一带的老大，三十来岁，关于他的传说很邪乎。我这种温顺乖巧的少年，自然没接触过他，只听说他一

出现，整个地区的气氛都会发生微妙的改变。黑八说，宗大胆儿
是咱们学校唯一跟煤油灯儿叫过板的，其他学生在他面前都是小
屁孩儿。据说那一次，煤油灯儿也不知道因为什么，带人砸了一
家饭馆，酒瓶子乱飞。当时宗大胆儿正在跟他爸吃饭，老头子吓
得心脏病都快犯了。宗大胆儿嚼着菜，站起来擦擦嘴，大步穿过
酒瓶的暴雨，走到门口。当然，就像穿过中午的足球场一样。他
在漫天飞舞的酒瓶和盘子之间行走，既不缩脖，也不弯腰，更不
皱眉头。煤油灯儿正在门口斜靠着监工，看见一个矮个儿少年走
到跟前，仰起头，瞪着一双大黑眼珠子看他。煤油灯儿问："看
什么？"宗大胆儿说："你们吓着我爸了，我爸有心脏病。我们
出去，你们再打，成不成？"煤油灯儿气乐了，肩膀乱颤。但是
笑了一会儿就不笑了，抿着嘴跟宗大胆儿对视。看了一会儿，弯
腰捡起一个酒瓶子，在门框上有节奏地敲了几下，里面的人就停
手了。煤油灯儿问："哥们儿，你叫什么？"宗大胆儿说："红领
巾。"煤油灯儿把酒瓶子一摔就走了。

　　听完这个故事，我好几天都没敢跟宗大胆儿对眼神儿。可是
就算不看，那两个黑窟窿般的黑眼珠也会随时自动出现在我脑袋
里。一晃高考了，又一晃毕业了。毕业以后，我跟大部分高中同
学都没联系了，包括宗大胆儿。这是因为我的高中太混乱，又是
留级，又是分流班，又是文理科，同学流落四方，没人牵头就聚
不起来。至于宗大胆儿，正常情况下，没人能想得起来这个插班

生了，十年以后好容易组织起来的同学聚会上也没人提过这人。同学聚会之后没多久，黑八找到我，问我还记不记得宗大胆儿。我说当然记得啊，怎么啦？黑八叹道：他受了伤，很重的伤，不知道还能不能行了，现在钱不够用，哥儿几个给他攒钱呢。我一惊，问道：宗大胆儿还能受伤？我这么问，是因为在我心里，他对各种物理伤害都是免疫的。如果派他去当战地记者，一定能拍到很多珍贵的照片，因为他对子弹和炸药肯定也是免疫的。可是我想错了，他不是免疫，只是单纯的胆儿大而已。我想起上学的时候用旧式的投影仪，电线根儿上掉了皮，铜线露了出来，接触不良，投影总是闪。宗大胆儿走过来，用手去捏电线，我一个没拦住，给他打了个跟头，愣没死。并且因为是宗大胆儿而不是别的学生，这件事连老师和校长都不知道。只是因为他胆子大，运气好，这件小事被我忽略了。我问黑八，宗大胆儿受了什么伤，怎么伤的？黑八表达能力不太好，断断续续地讲了。听完之后，我不能不感慨，除了物理伤害免疫这件事之外，还有件事我肯定也判断错了：宗大胆儿可能还是傻。

后来我回想起来，说不定真傻的是我，因此我现在要先补充一下关于宗大胆儿休学的事。这件事其实我早就知道了，所以，我不但忽略了他被投影仪漏电打了个跟头，还忽略了这件事。这早已证明他不是无敌的，而是一个一直走运的傻大胆儿。这是我高二时候的事，那时候我还不认识宗大胆儿，不过对这件事情多少有所耳闻。听说宗大胆儿有一天逃课时，路过一个老旧的居民楼，头顶突然传来阵阵哭声。抬头望去，一个小孩悬空挂在四楼还是五楼的防盗护栏上。具体是四楼还是五楼，众说纷纭，也有说六楼的。但我一年以后去求证的时候，发现六楼都还没有安装护栏。孩子哭闹不休，一会儿叫妈妈，一会儿叫奶奶，两条小腿左蹬右踹，很快引来了一些上年纪的大爷大妈围观。这倒不是说上年纪的人喜欢围观，而是因为当时正是工作时间，只有老人在家没事干。要是没事干，就好好看孩子啊！这个孩子可能是家里没人看，不知道怎么跑到窗户外面来，一脚蹬空，悬在那里。经围观大妈提醒，宗大胆儿抬头一看，发现孩子双手也开始扑腾，整个人竟然是靠头挂住的。北方有句土话："身子掉井里了，耳朵还能挂得住吗？"意思就是说，你该破罐破摔了，别逞能了。这孩子用事实推翻了这句话，真靠耳朵挂住了，不过这很危险，千万不要模仿。

宗大胆儿看了一会儿，双手插兜慢悠悠地走了。走没多远，可能觉得孩子实在太吵了，又折返来，找了一辆三轮车推到楼下，踩着它扒上一楼的护栏，像只树懒一般缓缓爬上二楼，继而爬到三楼，如此往复。此处应注明，宗大胆儿特别喜欢爬高，但是他攀爬的姿势实在太不优雅了，为我辈所不齿。宗大胆儿有个愿望，就是要去爬一爬中央电视塔，现在估计再也实现不了了。

宗大胆儿爬到四楼，踩着护栏慢悠悠地站起来，抓住孩子的两只脚踝往上托起来。孩子一慌，更加尖厉地哭闹起来，两腿乱踢。宗大胆儿一晃脑袋，喝道：别动，再动撕了你！孩子当即不动了，一泡尿顺着裤腿流下来，浇了宗大胆儿一脑袋。宗大胆儿低头往下看了看，估计什么也没看见——后来我试过，双手举起时往下看，只能看见自己的胸口。可能我柔韧性太差。宗大胆儿看罢多时，一翻白眼，无话可说。他翻白眼，估计一般人也看不出来。那时候没有手机，楼下围观的人那么多，却没有人回家去打个电话。宗大胆儿喊道：有喘气儿的吗？报个警行吗？一个大妈"噢！"了一声，转身而去。扛了一会儿，来了一辆警车。下来俩片儿警，一个用喇叭冲宗大胆儿喊话，一个冲进楼道，可能是想从屋里帮忙。宗大胆儿气得三尸神暴跳，又翻着白眼儿慢悠悠地喊道：让你们报火警啊，报110有什么用啊！此时，楼里那个警察不知道怎么进到屋里去了，打开窗户，抓住了孩子的两只小手。孩子上下都被人抓着，十分慌乱，加上耳朵已经快要掉了，又大哭起来。警察对宗大胆儿说：我抓住了，你松手吧。宗大胆儿说：这卡着怎么弄出来？警察说：这你就甭管了。宗大胆儿松了口气，两手一松。没想到这孩子不知道练过哪门武术，两脚一脱离控制，立刻飞起一脚，正中宗大胆儿的右眼。宗大胆儿毫无防备，往后便倒，后面就是万丈悬崖。后来他就休学了。

那次他可能断了不少骨头，好像脾脏还受了伤。还有比脾脏更容易受伤的内脏吗？总之，他伤了许多地方，唯独没有伤胆。估计要是把他的胆切下来，跟姜维的摆在一起，姜维那个只能算是一块结石。复学前那个暑假，宗大胆儿身体康复，胆儿更大了，探过郊区鬼屋，溜过医院太平间，睡过半夜布满塑胶模特的商场，还曾勇闯大早晨六点在楼下敲锣打鼓扭秧歌的秧歌队，直入人群，劈手躲过一面锣，一把扯断吊绳，当飞盘扔了。这种悍勇行径，我可来不了。

我们的老副校长曾经教诲过宗大胆儿。就是讲话时爱问"大家觉得对哇"那个。她告诉宗大胆儿，胆子大也要有个度，不要到处乱惹祸，你还年轻，很多事情不懂。最后她给归纳了一个"三场不入"，曰刑场、战场、火场。毫无疑问，副校长是一位曲艺爱好者，因为现实生活中早就没有刑场和战场了。胖子打富康司机那次不知道能否勉强算是战场。所以，我们一直觉得，宗大胆儿听了老副校长的教诲，不会惹更大的祸了，没想到虽然没了刑场和战场，但终归还有一种场是可以进的。

这就是去年年底的事儿，毕业都十几年了。宗大胆儿在一家房地产中介公司上班，租房卖楼。他的片儿区在北京郊区的边缘，一次带客人去看房，赶上了一场大火。其实他去的时候火还不怎么大，而且是一楼，里面的人很快就疏散出来了。宗大胆儿只是跟顾客说"今儿估计看不了房了"，就准备回去。这时候出来一个胖子，穿着睡衣，跪在冰天雪地里大哭大号，叫道："钱！我的钱！"哭了一会儿，要往火场里闯，被街坊拉住了。他转着圈地大喊："谁帮我，谁能帮我！我给他一半！钱就在马桶那儿，那里有水！"当然没人理他。胖子哭得真切，用脑袋咣咣撞地，指甲在地上挠出血来。"帮帮我，我给一半，给一半啊！厕所里有水啊！"他不停地哭喊着。宗大胆儿闻言，黑眼珠熊熊燃烧起来，对顾客说：对不住，您先回吧。说完就闯进去了。

据围观群众描述，宗大胆儿当时走得很慢，跟没这事儿一样，好像只是路过的。到得切近，突然一拐弯就进去了，谁也没注意，但是没有人敢追上去拉他。等他出来的时候，除了有点儿咳嗽，别无他恙，看情形就跟刚吃完饭从楼里走出来遛弯儿似的，怀里抱着几捆现金，砰砰地扔在胖子面前。他的头发本来就有点儿卷，也看不出来是不是烤了。胖子热泪盈眶，一边鞠躬一边喊："箱子，小箱子，银色的铝箱子！"宗大胆儿翻了翻眼珠，又进去了。门口两个大爷一左一右地叉住他，大伙儿七嘴八舌地劝。宗大胆儿也不说话，就拿大黑眼珠子瞪人家，瞪谁谁松手。这次进去以后，时间比较长，消防车这时候来了。消防员问："里面有人吗？"大伙儿说有个小伙子。一个队长模样的指挥人马，进楼的进楼，接龙头的接龙头，安排已毕，又问："有谁是这家的吗？"胖子举手。队长问："里头有煤气罐吗？"话音未落，轰然一声巨响，整扇窗户都崩出来了。

　　宗大胆儿被救出来的时候，人在厕所里，手里抱着马桶的水箱盖儿，已经震碎了。他受了很重的伤，内外兼修，人事不省。据说急救人员跟上来，扒开眼皮一看那对黑眼珠，惊呼道："我操！"但是一摸脖子，脉搏还跳，又没断气。他如果死了，眼珠子应该献给医学研究。

　　给宗大胆儿捐钱这件事是黑八组织的。这人脑袋不太好使，朋友又不多，所以进展极慢，两三个月过去了，我愣没去看过他。等黑八组织好几个要好的朋友去他家的时候，已经春暖花开了。路上，黑八跟我说：他父母都不知道事情的原委，别给说漏了。我说，干吗不告诉他们？黑八说：宗大胆儿醒来的头一句话就是别跟我家里人说。谁也不知道他是怎么想的。结果我们到了宗大胆儿家，拿出凑的钱来，宗大胆儿的爸爸连连摇手：不不不，再也不用钱了。我们一听这话，吓得魂飞魄散，差点儿就跪下了。他爸爸又说：现在不缺钱了，安心养伤就行了。我跟黑八面面相觑。黑八这人比较愣，当场问道：之前不是说还要做两三次手术，缺十来万吗？叔，您可别跟我们客气，我们都是好哥们儿。我窘得双手扶额。好在宗大胆儿的爸爸并不在意。

　　"这事儿挺怪的，唉。"他把茶壶往桌上一放，挠了挠头，"这不头几天吗，来了一个男的，挺胖，南方口音，拿来一个小铝箱子，非得要给东东。让他进来，他也不进。我进去跟东东一说，他就乐了，说东西留下，人送走吧！我就照办了。回头一看那个箱子里，全是一捆儿一捆儿的钱哪！"

真是咄咄怪事。

我讲个故事
你可别当真啊

JUST
A
STORY

地铁之王吕连贵

　　吕连贵这个名字不太好念，有没有？同样的韵脚，"兴盛厚"掌柜的李连贵就没有这么难念。有一次我跟吕连贵说，你这个名字仅次于吕留良，对我们北京人来说难度太大了。吕连贵没说话。过了一会儿，我发现他仰着脖在小声地连着念"吕连贵"，念了十几次，果然没有出错。我就不行。吕连贵自己闷头乐了一会儿，又仰头连着念了十次"吕留良"，念到第六次就不知道念的什么玩意儿了。他又做出了一个委屈的表情。他的话很少，但表情很丰富。

　　据说历史上的吕留良，中年早衰，头发胡子都是花白的，牙齿也掉得差不多了。吕连贵这点跟吕留良很像，他的头发也是花白的。他在地铁里抱着吉他摇头晃脑地唱歌，头发在灯下一晃一晃的，银光闪闪，还挺好看。后来我问了问，据说要染成他那个效果需要两千多块钱，他绝对没有这个闲钱，一定是天生的。他还缺一颗牙。据说那原本是一颗锋利的虎牙，被打掉的时候差点儿顺道把嘴唇戳穿了，结果长了一个病程长达三个月的口疮，苦不堪言。有关这颗牙，是有一些事要讲，不久我们就会说到。

吕连贵现在已经不在地铁里唱歌了。起先他在地铁里唱歌，那是出于无奈，并且也有几分天注定。如果不是在地铁里遇见了贵人，吕连贵也过不上舒服日子。后来他在酒吧里唱歌，而且不是天天唱，一个星期只需要唱三场。如果天天唱，当然能挣两倍的钱，但是他不乐意。他愿意用剩下的时间睡觉、练琴、做饭给自己吃。或是一圈圈地坐地铁。我们这种坐办公室的上班族理解不了这种生活。白天不用上班，晚上只需要唱三四个小时的歌，空闲时间还不够多吗？吕连贵对钱不太在意。他有口吃的就得。

现在吕连贵在酒吧圈有了一些名气，他的上一个老板给他起了个花名儿，叫Louis。圈里人都知道有个Louis，以歌路宽广、什么都能唱著称，且唱得极好。那个老板姓马，有一阵子我常去他那儿喝酒，慢慢就认识了。吕连贵也是在那个店里认识的。吕连贵有一手绝活，叫作"看人识歌"：他只要看你一眼，就能准确地判断你的审听情趣，然后弹起你喜欢的歌来。基本上，他以靠近吧台的那几个客人的品味为准，先弹一段前奏。酒吧里乌漆麻黑的，也看不清脸，不知道他根据什么判断出你喜欢还是不喜欢——有时候弹完前奏，就像水流改道一样无比自然地换上一首，不熟的话根本听不出来。有时候就继续弹下去。

他这个看人识歌太绝了，简直是超自然现象。那家酒吧开着的时候，我总是一个人去，一直坐在吧台尽头最靠近唱台的地方，头顶上恰好有一盏小小的射灯。吕连贵第一次来唱歌时，老板把酒递给我，说："今天这个歌手厉害。你听听！"然后吕连贵就慢悠悠地坐在那把高高的椅子上，调了调琴，然后抬头看了看我。他头上也有一盏射灯，灯光昏黄，感觉颇像是一大群快要死了的萤火虫聚在一起所发出来的。灯光把他的银发照成了金色的，他的吉他也是金色的，琴弦闪着金光。我已经忘了我那天穿的什么，总之他看了我一会儿，就弹起一首《快要枯竭的水》（Water Runs Dry, Boyz Ⅱ Men 的一首歌曲）的前奏来。我猛地抬起头，一口酒差点儿没把我呛死。这不光是因为这是我当时最喜欢的歌。我从没有听过用吉他弹的这首歌，它的伴奏本来是像流水一样低沉柔顺的小提琴。可怕的是，吕连贵的琴声里还伴着一种像远处的滴水声一样的打击乐。这一段前奏听得我都要疯了。他一个人弹琴，听起来简直像是一支简单的小乐队在演奏。这支乐队一定已经合作了一辈子——就是那种即便船要沉了也能默契和谐地演奏，并在间奏时互道永别的乐队。间奏的最后一个小节里，他抬头看了我一眼，然后好像笑了笑，又好像没笑，接着他开始唱歌了。

他的嗓音没什么特殊的。但是他的演唱技巧无比纯熟，情绪温和饱满，像在讲一个每天晚上都要给爱人讲一遍的故事，不厌其烦，娓娓道来。当然，我不是要表达我爱上了这小子的意思。他的演唱里有着丰富的情感，并且能够把细小的转音用得炉火纯青，就像你在春天的晚上骑车出去遛胡同，在每一个熟悉的转角拐弯，没有犹豫，也不必担心。一曲终了，我不由自主地站起身，鼓起掌来。酒吧里的外国人都像服用了某种违禁药物一样尖叫起来。他们这么一叫我才想到，眼前这个白头发的小伙子是我见过的英文发音最棒的酒吧歌手，比我以前遇到的菲律宾歌手强多了。

在我后来听过的无数次演出里，吕连贵唱过中文歌、英文歌、日文歌、没有歌词的歌——也不能说没有歌词，那歌词都是些中国人听不懂外国人听不明白的，据说这叫自由爵士什么的。我在店里时，他唱的歌总能得我欢心，要不是因为我是个穷鬼，简直想包养他。而且，他每次唱的歌都不一样。最多的是 Boyz Ⅱ Men（美国著名 R&B 演唱组合）和同时代歌手的歌，也有更老的，比如埃里克·克拉普顿（Eric Clapton），英国音乐人、弗兰克·西纳特拉（Frank Sinatra），二十世纪最重要的流行音乐人物一类的。有时候我在店里待到很晚，把客人都耗没了。店里安静下来，只有老板收拾杯子的声音时，他还会唱查特·贝克（Chet Baker，美国著名爵士乐歌手），那时候我还不知道这人是谁，只觉得非常好听。也就是说，他不但能唱你喜欢的歌，还能唱你没听过但保证喜欢的歌。总之，他根据客人的品味选歌，其库存之大、演唱之纯熟、选歌之精确，简直匪夷所思。选歌精确这件事，听是听不出来的，但你可以注意观察坐在前排那几桌客人的反应：第一首的前奏起来，他们保准立即僵住不动，张着嘴说不出话来。他就像一个点穴高手，其认穴之准，出手之凌厉，武学之渊博，都可以成为江湖传说。他跟传说的区别就是你只要花上35块钱买一杯酒就可以亲眼得见。后来我问马老板，这孩子叫什么？老板说叫吕连贵。这个马老板是北京人，说话极快，嗓门极大，我们都叫他马克沁①。他说了一遍，因为太快，我没听清楚。我说吕什么？他又说了一遍：吕！连！贵！我一口酒喷了出来。我说：这什么名儿啊，这能红吗？马克沁说：人家就叫这个，我给起了个英文名字，他不乐意用。

后来我换了工作，也换了喝酒的地方，很久没再去了。不过此时我跟吕连贵已经算是认识了。我跟他认识的事情是这样的。有一次他唱完歌，收拾琴箱准备走了。他唱完歌后，马克沁就会放 CD，直到结束营业。他的 CD 非常糟糕。那天我正好拿到一

---

① 马克沁：此处指马克沁机枪，是一种英国产的重型机枪。

笔稿费，十分开心，就请吕连贵喝了一杯。我们谈音乐，相见恨晚，于是我又请他喝了一杯。现在想来，我能跟他聊得这么开心，是因为他的音乐储备完全覆盖了我的。基本上，他可以跟任何人在音乐上谈一个晚上。两杯喝完，他打开琴箱，又走上唱台去。店里仅剩的三四个客人叫起好来。吕连贵想了半天，唱了一首《来自伊帕内马的女孩》（The Girl from Ipanema）［萨克斯风手斯坦·盖茨（Stan Getz）演唱歌曲］。这歌非常好听，也非常难，并且不适合男人唱，适合小姑娘。我还是第一次听中国人唱。吕连贵自己弹，自己唱，唱得既投入又开心。就像一个小姑娘一样，但你却不会因此讨厌他。这之后，我们就算是认识了，见面会打招呼，有时会请对方喝一杯。有一回我甚至上台唱了一首，他给我伴奏。那是我第一次享受乐手的现场伴奏，实在太爽了。

前一段时间，马克沁把店卖了，准备环球旅行，我祝他一路顺风。但是这么一来，吕连贵就没地方唱歌了，作为老板，马克沁当然得给自己的兄弟先找个出路。连自己店里的调酒师和服务员的后路都安排好了，更别提自己一手培养出来的歌手了。马克沁纵横酒吧圈十几年，江湖关系硬得很。依我看，开酒吧的都不是好惹的，这些人是好人还是坏人另当别论，但他们都认识一些不得了的人物。这种背景下，想给吕连贵安排个演出场子真是太容易了，马克沁想道。事实上确实如此，可惜他事先没有摸清楚吕连贵的背景和事情的来龙去脉。可见沟通的重要性！这回惹了个不大不小的麻烦。

　　这里要说一段倒笔书，是关于吕连贵遇到的第一个贵人的。这人姓施，也是歌手，比我的年纪还大，已经唱了二十年了。由于其体格魁伟，说话唱歌都是沙哑派，又快又猛，与马克沁堪可配对，所以我们给他取了个外号叫施潘道①。施潘道早年间在北京的各种广场、地下通道和地铁站唱歌，很有些名气。他的演奏和演唱都十足的接地气，以流行歌曲、过时摇滚乐和充满脏字的不知名流派音乐闻名，演唱时霸气十足。在酒吧演出时，他带一个助手，专门管换琴弦，因为他发明了一种技法，能够在弹琴的同时打出类似于镲的打击乐声，听起来十分痛快，但基本上每弹两三首就得换一套琴弦。有一回我问他，你干吗不准备两把琴？这样就可以随便找个 Bartender（酒吧男招待）给你换弦了。他说：不行，助理多有面子？其人大概如此。

　　吕连贵刚进北京时，在地铁站里唱歌，被施潘道发现了。施潘道认为他是可造之材，就收他为徒——据说还举行了很正式的仪式，烧香摆支拜祖师爷什么的。地铁歌手的祖师爷是谁，莫不是周庄王？此事不知其详，反正施潘道请了不少道上兄弟、圈里朋友来喝酒，其中就有马克沁。施潘道跟马克沁是多年的朋友，

---

① 施潘道：此处指施潘道机枪，一种与马克沁类似的重型机枪。

交情说不上多厚，但足够长。这两个名字放一块儿也真够吓人的。

　　施潘道在酒吧圈里已经闯下万儿来，年纪也大了，甚至有个酒吧老板拉他入伙经营。他完全可以不做歌手这行了。但是他不但唱，还经常去地铁站里唱，这是他的爱好，而不是职业。这件事听起来非常牛×：某某事是我的爱好，而不是我的职业。我也想要有这样的事做。施潘道这么干已经很久了。多年以前，一个冬天的晚上，他在地铁站唱着玩。有人驻足听一会儿，有人往吉他盒里扔钱。他唱《花房姑娘》，来来往往的许多人都不由自主地边走边唱着《花房姑娘》。这时跑来个男孩儿，十七八岁，等他唱完这首，告诉他有呛行的。这孩子算是施潘道的半个徒弟，其实根本没正经收过，只是到处追着施潘道听他唱歌，缠着要学琴。用现在的话来说，这种人莫如叫"脑残粉"更合适。关于呛行，一般来说，地铁站唱歌不怎么划地盘，因为没什么黄金位置可言，哪哪都是人。施潘道本身又是玩儿，不在乎有人抢什么生意。他只是奇怪，他嗓门这么大，有人能在左近唱歌吗？那孩子说，并不很近，在地铁站的另一头。施潘道凿了他的后脑勺一下说，那你跑来跟我说个屁？那孩子挠着头说，我觉得他唱得挺牛逼的，准能抢您生意。

　　施潘道摸着胡子想了一会儿，说道：给我看着盒子！然后弯腰从琴盒里捡出两枚别人施舍的硬币，拎着琴就走了。据说在上世纪七十年代，北京街头流行"茬琴"，此乃音译，也不知道是不是这俩字。大意就是说，一对文艺青年相遇了，便抽出吉他弹唱一番，比个你死我活。这个好时代我没有赶上，据我爸说，更多的情况都是动手打起来了。施潘道经历过这个时代，所以他习惯到哪儿都手不离琴，尤其是这种场合。他也不绕路，花钱买了张地铁票，下去再上来，就到了另一头。站在通道的岔口听了听，果然听见吉他声，只是听不见唱，循声而往，就这么遇见了吕连贵。后来我们都说，吕连贵这个名字就一点好：他总是遇见贵人。之所以说施潘道是他的贵人，完全是因为他初遇施潘道时正是一副人生中最落魄的样子。

据当事人施先生描述，当时的情形是这样的：只见一个满脸愁容的青年，十冬腊月穿着一件薄外套，抱着一把一看就是小号儿练习琴的破吉他，靠坐在斑驳的墙壁下；一盏忽亮忽暗的灯投下惨白的颜色，也不知道他的头发是当时就那么白，还是灯照的。总之，惨极了。施潘道提琴而立，胸中那团一心想大战一场的火一下子灭了。此时，该青年弹完一曲，周围驻足的人都有些神情恍惚，有几个人鼓起掌来；有个女孩子双手捧着脸，一副快要晕倒的样子；另一个跟他差不多大的男孩子手持一瓶雪碧，意犹未尽地在墙上敲着拍子。施潘道没听着琴，也不打算听了，因为他觉得那把练习琴实在太破，用这种琴的一看就不懂琴，显然没什么干货。估计会几个万能和弦，能唱两首当时应景的所谓民谣。

这时，这个青年抬起头看了看周围的人。他跟施潘道对了对眼神儿。他的眉骨挺高，头顶的灯给他的眼窝投下深深的影子，让人看不见他的眼神。然后他调了调琴，唱起了《花房姑娘》。施潘道刚要迈步走开，就被这几个简单温和的音节抓住了。这是另一个版本的《花房姑娘》：很慢，很轻柔，"像是在哄小孩"，但是绝不是那个"用女人一样掐着嗓子却唱着'你说我世上最坚强'的版本"（施潘道评，笔者注）。关键是，那把看上去最多值100块钱的练习琴，在这孩子手里发出的声音，该多糟糕还多糟糕，但他用技巧和情绪完美地掩盖和弥补了这一点。他在地铁站的通道这种糟糕的环境下，能够非常微妙地控制音量的起伏。间奏里，他弹起一段炫目的solo（独奏），而扫弦伴奏却没有停，像两个人同时在弹。光是那一段solo就像是讲了一个好听的小故事！这种时候，他会皱起眉头，嘴唇微微张开，紧咬着牙齿，看着自己的手指，就像在统计它们在短短数秒中移动的距离一样。而且他竟然一下子就选中了《花房姑娘》！施潘道说，这小子选什么歌，估计不是靠眼睛看、耳朵听，而是靠鼻子闻。准是自己身上有《花房姑娘》的味儿。《花房姑娘》的味儿是什么味儿，他也说不清楚，就像我说不清楚《快要枯竭的水》是什么味儿一样。

有关施潘道收吕连贵为徒的事，几乎所有认识他们的人都质疑过。因为显然在吉他和唱歌方面，他们的师徒关系都反了。施潘道解释道："你们都是白痴吗？光会弹吉他有什么用！你得懂规矩，还得找个有钱赚有饭吃的地方唱歌才行。"此言不虚。他还补充道："最关键的是，老子收留了他。"此言也不虚，吕连贵如果没遇见施潘道，当天晚上可能就会被冻死了，因为那几天他一直住在附近一所大学的教学楼里，身上也没钱了。他的身世背景，没有跟任何人详细讲过，包括施潘道和马克沁。大家只知道，有一天，他一个人拎着琴盒在火车站游荡；晚上，他在地下通道弹起琴来，想挣碗面钱。结果来了四个人，踢飞了他的琴盒。为首的一个光头问他叫什么，他说叫吕连贵。那人大笑起来，另外三个当然随声附和。光头说："这叫什么名字，是连着跪的意思吗？跪下！"吕连贵当然不肯。这小子太傻了。要是我，当时就扔下琴飞奔而去了，可他抱着吉他往墙根儿退，这不是自寻死路吗？最后，几个人打了他一顿，拿走了他的皮夹克，把他的吉他和琴盒都砸了。拉扯中，他的虎牙撞在了铁栏杆上，断了。这个故事不知道是真是假，因为其中掺杂了很多不合逻辑的部分。这些流氓混混儿的行为听起来像是一个看了太多三流电视剧的人编出来的。后来，有人用实际行动证实了其中的一部分，但我作为忠于逻辑的法学生，依然不能相信。比方说，黑社会要他的破皮夹克干什么？更不可信的是，他的裤子口袋里剩下一张百元大钞，他用这钱买了把最便宜的练习琴。这个故事，施潘道和马克沁都信了。施潘道的理由是：你不懂热爱吉他的人的想法。马克沁的理由是：当年西客站地下通道确实有个乐器城。这都什么玩意儿。

吕连贵红了以后，施潘道觉得非常光荣。他甚至当起了吕连贵的经纪人，替他安排演出，比如给三流艺人的小型演唱会弹个伴奏什么的。吕连贵一度非常忙，忙得连酒吧场都走不完，更不用说地铁站了。后来施潘道把他介绍给马克沁，在这里安顿下来，唱了好几年。马克沁把店盘出去时，觉得自己完全可以给吕连贵安排一条出路。他打了几个电话，约了三四个老板到他的店里喝一杯，听吕连贵唱歌。每个老板都惊了个跟头，其中有一个把杯子都摔了。大伙儿抢着要他，马克沁很开心，替吕连贵谈了个好价钱，最后定给了其中一家最大的酒吧，名字叫"下马石"。

在马克沁的酒吧最后的几天里，有一个晚上施潘道突然来了。他像头愤怒的北极熊，双手揉开西部风格的小木门，下巴向前伸着，颈后的肌肉鼓鼓的，拎着两条树桩一样的胳膊，直奔唱台，连连喊道："下来下来下来！"说得太快太猛，"来"字根本听不见，活像一挺喷着火舌的重机枪。吕连贵和马克沁都不知道出了什么事儿，互相看了半晌，僵在那里。我有心上去打打圆场，又想起人生还有很多重要的事情没有做，就静静坐着看事情怎么发展。施潘道把吕连贵像一只獐子一样拎到吧台，往椅子上一放，问道："你要去'下马石'唱歌？谁让你去的？"吕连贵表情窘迫，白头发都多起来了。马克沁用手指关节敲了敲吧台说："你别嚷嚷，这还没打烊呢！"

　　事情其实很简单。原告施潘道，吕连贵之师父（自封）；被告马克沁，吕连贵之老板。原告诉被告未经自己允许，给自己的徒弟安排了"下马石"酒吧的工作。而原告在对此完全不知情的前提下，也为吕连贵安排了一个酒吧，名叫"猜地铁"。这个"猜地铁"酒吧的老板是个女的，据说非常之惹不起。原告施潘道先生已经跟"猜地铁"说了个板上钉钉，因为他知道马克沁的酒吧要关门了。结果圈里朋友告诉他，吕连贵已经去"下马石"试唱过了，还拿了人家的出场费。江湖规矩，试唱不拿钱。坏了规矩这件事，当然也一并算在被告马克沁身上了——吕连贵一个小孩子懂个屁？你开了十几年酒吧，这点儿规矩都不懂吗？我姓施的还活着呢，你问我了吗？原告说到这里，情绪激动，拍起桌子来。马克沁用下巴指了指他的手，说道：你别给我拍桌子，我这店还没卖呢。眼看两人就要打起来了。这场面像极了情侣吵架：不论哪一方在吵架过程中不小心指了对方的鼻子一下，从这一刻起，吵架本来的原因已经不重要了，接下来就会开始吵你他妈的为什么指我。

　　两造争执不下，隔着一个吧台又打不起来，眼看就要丢酒瓶子了。有一桌客人好像没结账就跑了，真是什么人都有。最后两个魁梧大汉相对不语，呼哧呼哧喘粗气。我捅了捅吕连贵，意思让他说两句话，毕竟矛盾的焦点是他的去向问题。结果，吕连贵可能误会了我的意思，他拿起吉他，跑到唱台上唱了起来。他唱

《像个孩子》。真是太会选歌了。他一唱，两挺重机枪都停火了，把嘴唇抿到各自的胡子里，叉着腰故意不看对方。

唱完这首歌，酒吧里一下子静得不行，原告、被告和我都不说话。一阵阵稀薄的大笑声和分辨不清的歌声偶尔从附近的什么地方传来。最后马克沁和施潘道都看着我，问道："你说说！"我站起来就跑，被施潘道揪住了。

我出这个主意也是机缘巧合，我记得那是五月底。马上就是六一儿童节了。吕连贵生日是六一儿童节，因为每年这天马克沁都在店里给他庆祝，他也会弹《生日快乐》的各种玄乎其玄的版本。我想了想说："这么着吧！还有一个礼拜，就是吕连贵的生日。这事儿也不急在这一两天。要讲起理来，谁也说不服谁。论先来后到，马老板赢；论你们那套江湖规矩，施爷赢。别打别打！让我说完。你们每人送他一件生日礼物，让吕连贵自己判断。他喜欢谁的礼物，就跟谁走。谁送的东西得他欢心，说明更懂这孩子，带他走公平合理。"我自己觉得一点儿也不公平合理。但是我们法学系毕业生说出话来自有一番说服力，往往胡吹一通之后，连自己都信了。我也觉得挺神奇的。百试百灵。

重机枪们就这件事想了想，甚至还头碰头地友好讨论了起来，当然很快又要打起来了。放了两句场面话之后，施潘道气呼呼地走了。马克沁刚要问计于我，施潘道又回来了，揪住我说："你他妈要是敢作弊，我就弄死你！"这真是莫名其妙，我又不是吕连贵他爹，我能做什么弊呀。

六月一号，马克沁把店关了，不营业。晚上，吕连贵早早到了店里，默默地弹着琴，不说话。一会儿施潘道来了，满脸自信，抱着肩膀往吧台前一站，问我："来吧，怎么说，谁先来？"一副欠揍的鬼样子。他穿一件短袖 T 恤，满是窟窿的牛仔裤，破球鞋，看不出哪儿能藏什么大件的东西。不会是要送钻戒吧，我想。这些人什么事都干得出来。马克沁翻了翻白眼，弯腰在吧台下面鼓捣半天，拎出一个方盒子来。"Louis，你拆！"他喝道。吕连贵看了看我，又看了看施潘道，我俩都没表态。

在吕连贵拆箱的时间里，我拿眼角瞄摸施潘道。他一副自信满满的样子，抱着肩膀，身子不停地颠颠颠的，简直神烦。他那个助理没跟着他，所以有可能是有什么超大件的东西在外面放着，一会儿助理会送来。难道是辆车吗？我越想越邪乎。这时候盒子拆开了。

盒子里是一套金灿灿的麦克风。这个东西我不懂，但一看就是好东西，带着机器的精密感和奢侈品的性感，周身泛着让人一看就想跪下的金光。盒子里还有一个小铁盒跟一些黑色的电线。被告马克沁介绍道："这是一套 ×××××××××××× 麦克

风和 ×××××××××××××（此处为品牌与术语，没记住），
Louis，我希望你用这个，自己录歌，发自己的片子！不能唱一辈
子酒吧。"说着，马克沁看了一眼施潘道，然后往反方向一甩胖
脸，肉都飞了起来。

施潘道看了看麦克风，又看了半晌吕连贵。末了儿他问："看
完了没有？看完了就该本大爷的了。"我说："你别颠了行吗？我
这点儿酒都要吐了！"快拿来吧。施潘道露出一个夸张的狞笑，
然后举起双手放在右耳边，"啪啪啪"地拍了三下。

什么都没有发生。

施潘道很尴尬，转身大步流星地走到门口，霍地拉开门，对
外面吼道："人哪？听他妈什么呢！"然后呼啦啦进来一大群人。
仔细数数，其实也并没有一大群，只有五个，其中四个占地面积
都很大，个个都是膀大腰圆的壮汉，剩下那个是施潘道的小助理。
最前头的一个壮汉是个光头，留着墨西哥风格的胡子。吕连贵一
看，吓得尿都要出来了，连连后退，缩在马克沁后面。马克沁脖
子一梗，怒道："干什么干什么，玩儿不起，带人砸店吗？"施潘
道说："我能干那个事儿吗？别把施某人瞧扁了！"然后一指吕连
贵，往自己的方向招了招，说："连贵你来，看看你这几个老熟
人。"然后往那个光头的膝盖窝抬脚一踹，光头扑通一声就跪下

了。后面三个犹犹豫豫地也跪下了。这么多人跪在一起的场面，除了农村办白事以外，我只在横店看见过，也觉得很新鲜。我问施潘道："这都什么人哪？"施潘道说你问连贵。我问吕连贵，他眼神乱飞，满脸跑眼珠子，不知道看哪儿好，也说不出话来。我就猜了个八九。施潘道真是神通广大！换作我，别说一周之内找到这几个多年以前惹事的人，就连下手都不知道从哪儿开始。说不定，这件事施潘道当年就早已摸清楚了。

事情发展到这一步，我才意识到有点儿搞大了，几次想开溜都没能成功。连厕所都不让我上，太不讲理了。要我说，这事情本身也没什么复杂的，搁在我身上——一个我现在公司的老板，一个带我入行的前辈，两人各给我找了一份工作，不就这么个事儿吗？解决起来也简单，显然只能听我的，我想去哪家就去哪家，大不了请另一家吃顿饭。要说标准，当然是谁给钱多，我就去谁家。但是吕连贵、马克沁和施潘道这三个人显然不是这么认为的。他们的眼神和互相之间凝固的空气足可证实这一点，连站位都很科学，进可攻退可守，僵持不下。在他们看来，这事情就跟一个姑娘许给了两户人家一样。我想起一段评书里有这么一出。说有一位少年侠客叫张方，本来已有了两房妻室，结果一个叫武兰姑的女侠非得要嫁给他，原因是一位老老老剑客保了媒，得到了姑娘的师父东方老尼首肯。这位老老老剑客还是少侠张方的师父的师父的师叔，辈分高得不行，惹了此人当然是不得了的。顺便一提，这位少侠的师父有个结拜兄弟，就是江南第一剑太极手晚村先生吕留良。所以说不定跟吕连贵祖上还有什么渊源咧。同一时间，这位姑娘的亲爹在对此事一无所知的情况下，又把姑娘许配给了北五省绿林总瓢把子铁木尔的儿子铁三纲。这位铁爷一听说到手的姑娘要飞了，当然不乐意，四下延请高人打通官府，最后惹下了一场滔天大祸。可恶的是，说书人为了吊你的胃口，不会给你讲这种大祸是怎么解决的，所以全无参考价值。不过想起这段书，我对眼前的事的严重性也有了一定的认识。比方说，书里那件事涉及老张家、老武家、老铁家，还有老张家的师门，远不是听听当事人怎么说那么简单的。但是我也想不出更好的解决办法。更何况，书中那个被许给两户人家的姑娘本人就是个杀人女魔头。吕连贵跟女魔头相比，简直是个无声的屁。

那天晚上我们喝了很多酒，重机枪们也握手言和了，说一切决定权都交给吕连贵，无论他做何选择，都不会生气伤心，大家还是好朋友。喝酒时，那四个人一直在旁边跪着，实际上气氛非常尴尬。我不知道这种场合应该做何表情、说什么台词，只好一杯又一杯地喝酒。吕连贵那天也没有唱歌。最后怎么收场的，我已经不记得了。实际上，我连怎么回的家都不记得了。

这件事已经过去一段时间了。马克沁已经出国，不知道到哪国境内醉生梦死去了。施潘道一直没见着。想想也是，我跟他不算熟，以前见面也都是在酒吧，酒吧关了，当然见不到他了。我们属于那种比点头之交、一面之识深一点儿，比酒肉朋友还要浅一些的朋友。也许哪天见到了，还能坐下来喝一杯什么的。吕连贵有一阵子去向不明。我去过"下马石"，也去过"猜地铁"。两个酒吧都很不错，现在的歌手也很棒，但都没见到吕连贵，也没有施潘道。问过老板，也失其下落。

今年秋天，我把车送去喷漆，回来时坐地铁，在公主坟见到了吕连贵。他的头发几乎全白了。他弹着一把看上去很不便宜的琴，唱《900万辆自行车》（9 Million Bicycles，格鲁吉亚女歌手Katie Melua 演唱歌曲）和《唯一的例外》（The Only Exception，美国摇滚乐队 Paramore 演唱歌曲）。唱的都是女歌手的歌，慢歌，声音不大，每一句都在空旷的通道里转好几圈儿。

我们简单聊了两句。最后我问他为什么跑到地铁里来唱歌。他说，不论去哪个酒吧唱歌，都辜负了马克沁。如果回家录歌、找路子发片，好像又会伤到施潘道。而"下马石"和"猜地铁"是肯定不行的。反正怎么都不行。地铁挺好，凉快、豁亮、拢音、人多，且各种各样的人都有，这意味着他可以唱各种想唱的歌，给喜欢这些歌的人听。天知道他脑袋里到底有多少歌。很晚了，他说，聊太多了，都忘了唱歌了。他拿起吉他，唱了一首《黄色出租车》（Big Yellow Taxi，一首电影原声乐），唱完之后没理我就走了。

鸟王白泰昆

　　白泰昆跟我住一个小区。我起先不认识他老人家，只认识他儿子。他儿子叫白松涛，比我大不了一轮，很谈得来。有一回我们哥儿几个聊天，我谈到最近养的金鱼，他就谈到他们家老爷子养的鸟儿。花鸟鱼虫自古是分不开的。白松涛问我，在咱们小区没瞧见过一个老头推着一辆板儿车，上头摆满了鸟笼子，天天遛鸟？我一拍桌子：我×，那是你们家老爷子啊，我还以为是卖鸟的呢！老爷子贵姓啊？白松涛劈手给了我后脑勺一巴掌。

　　这位推三轮车遛鸟的老爷子我当然见过。我们小区有很多奇人——其实所有小区都有很多奇人。有打拳厉害的，有唱戏玩票进过梅兰芳大戏院的，有七十来岁一头银发天天骑弯把儿赛车的，有推三轮遛鸟的。都是爱玩儿的人。这位老爷子每天早上七点半出门，有一段时间跟我上班一个点儿，老能碰上。他那辆三轮车，光是笼子的摆放、拴刹、固定，就是一套学问。什么笼子在上，什么笼子在下，哪些鸟在外，哪些鸟在里，都有讲究。每个笼子都有个铁钩，一开始我还以为两三层笼子摞起来的时候是要摘钩的，后来一问才知道没有摘，都是笼子底儿直接摆在笼子钩上的。倘若早 20 分钟经过那栋楼，就会看见老人从屋里一对对地往外拿鸟笼子，码上一层，用细绒绳里里外外拴上一层，再摆下一层。拴罢三层，缓缓推起车来。起初一两步很吃力，弓步下腰，端肩提肘，像是从泥潭里拖出一条古船一般，带着三轮车慢吞吞地走起来。后面就轻快些了。这个老爷子就是白泰昆。

白泰昆的儿子白松涛是个 IT 精英，很有几个钱，开一辆奥迪小车儿。但是白泰昆夫妇过得十分节俭，认识以后会发现，你完全看不出来他们家有一辆奥迪。我有一回缠着白松涛带我看鸟去，白松涛不厌其烦，一甩我手：你怎么跟小孩儿似的？我高中以后就没带朋友上家里玩儿去了！我说：你这样是不对的，你爸那么喜欢玩儿鸟，一定是因为太寂寞了，我养金鱼就是因为寂寞。白松涛说：

"放屁！头一个，我妈还活着呢！第二，第二嘛……我爸可不是你想的那样的。"

等到了他们家门口，白松涛嘱咐我：你要看鸟，你就看鸟，别没话跟我爸瞎搭哏①。我说你爸很凶吗，我平时看着不觉得啊！他叹了口气说，一会儿你就知道了。

白家住的楼跟我们家户型完全一样，但进去以后有一种进错了时空的错觉。屋里挂满了画，几乎看不见墙。国画和油画都有，抽象与写意齐飞。画的内容大部分是鸟。朝南的大屋则摆满鸟笼，一条暖气管子上挂了得有上百个鸟笼钩。窗台上密排数十个鸟食罐，在夕阳下闪着温润的光。一有生人进屋，鸟们都炸了窝，叽叽喳喳叫了起来。白泰昆老先生从报纸后面的眼镜上头看了看我，抬起一只手挥了挥，也不说话，就继续看起报来。对于初次上门的儿子的朋友来说，这其实有一点儿没礼貌，但我多年走访各路民间高手，早习惯了这些人的臭脾气怪性子，当下叫了声好听的，然后背起手开始看鸟。这时候白松涛的母亲及时出现，打破了尴尬的沉默。

这位老太太不是北京人。听口音应该是哈尔滨一带的，在这小区住了三十年，乡音一点儿都没改。同样没改的是其家乡人民

---

① 搭哏(gen 轻声)：此处指主动跟人说话。也指别人说话时接下茬儿，或同"搭理"等多种用法。

那种几乎令人畏惧的热情。比方说，她要跟你打招呼，方式就是照你肩膀头"啪"的一个八卦掌；她要夸你长得壮，方式就是对着你胸口"砰"地来个扬炮。不单如此，该大妈端上来的茶盘硕大无比，形状怪异，看起来是用三个鸟笼子的底儿改造而成的。那个底儿应该有专业的名称，可惜我不懂，白泰昆也不讲。

　　介绍讲解工作主要是由大妈完成的，她情绪十分高昂，看起来很久没有客人了。她的样子让我想起《美女与野兽》里面城堡里的那些兴奋地唱着《做我们的客人》（Be Our Guest，电影《美女与野兽》插曲）的用人。看了一会儿屋里的鸟，她邀请我到院里坐坐。我才想起来他们家是一楼，有一个我家所没有的院子。出来一看，院子不大，挺四致，简单栽了两三棵树，摆了四五盆花。大妈说，这些花都是她伺候，老头子的心思全在鸟身上。再往南去，院墙开了扇小门儿，外头是他们家的买卖，卖大饼切面，也都是由大妈一手操持，每天只在中午跟傍晚营业两三个小时。

　　他们家养这么多鸟，卖的烙饼能吃吗？我正琢磨这一哲学命题，忽听身后传来一个略带嘲讽的声音："绝对干净！"我吓了一跳，弯腰就捡花盆，白松涛赶紧把我拦住了，夺过花盆怒道：你干吗，惦着给我们黑子来一翻天印啊！我一愣，什么黑子？回头顺他的手观瞧，原来窗台上坐着一只大鸟。

　　如果上面这一段阅读体验有些奇怪的话，问题完全出在最后一句上————一般来说，你不会想到一只鸟会坐着，因为它们的身体结构决定它们没有这个功能。但这只鸟太绝了，一屁股坐在窗台上，两只爪子冲前支棱着，看上去简直像是从华纳风格的动画片里跑出来的。这是一只大黑鸟，爪子、嘴都是黑的。它太大、太胖了，看上去都跟鸡差不多了。我一回头看它，它又开口说道："一张两斤！"我目瞪口呆，转头看了看白松涛跟他妈。两人都是一副得意扬扬的表情，好像自己儿子刚拿了100米第一名一样。大妈问我："怎么样，我们黑子口齿清楚吧？"我张着嘴伸着脖子点了点头。她照着我后背"啪啪"两掌，差点儿把我打吐血，笑道："头回见着真的鸟儿说话吧？"我似笑非笑地又点点头。我真正诧异的原因是，我只听说过八哥跟鹩哥会说话，乌鸦会说话还是头回听说。另外"黑子"这名字跟我一个发小儿的绰号相同，而那个黑子是个大舌头。我问白松涛，你们家黑子是……是乌鸦吗？白松涛正待回答，吱呀一声，阳台门开了，白泰昆背着手走了出来。

　　夕阳绕过院墙，白泰昆一身白衣、一头银发沐浴其中，身姿挺拔，器宇轩昂。结果他一开口，我差点儿让口水呛死。"鹩哥！"他说。我真正惊讶的并不是他瞪眼管乌鸦叫鹩哥——虽然这也挺让我惊讶的——而是他的口齿。他的咬字，发音，怎么说呢？就像你吃了一口特别烫的东西，当着一桌亲朋的面儿又不肯吐出来，急得直吐白沫。这时候别人问了你一个什么问题，你挣扎着、含着嘴里那个烫东西含混不清地答道：

"鹩哥！"

就是那种声音。白泰昆说完，伸出左手，名叫黑子的鹩哥就懒洋洋地劈开腿，踩着窗台先站起来，然后一步步地走过去，把爪子放在白泰昆手上，爬了上去。太德行了吧！我心里骂道，你他妈还是鸟吗？鸟能坐着吗？鸟不是应该蹦的吗，你怎么还会走啊！（后来我想了想，鸡也会走。）

"嘴跟爪，我涂的。"白泰昆慢慢地比画着说，"鹩哥，人家偷。乌鸦，不偷。"

那也不对啊？我心说，鹩哥还有金腮银翅子呢！但是我没敢问，我的注意力很大一部分都被他那个奇怪的发音吸引了。白松涛趴在我耳朵边儿上小声说："他说，鹩哥嘴跟爪子太扎眼，溜达出去容易让人顺走，涂黑了就——"我竖起两根手指打断他，走上前去冲老爷子拱了拱手。老人照样还礼，看上去心情挺不错。

我跟老爷子仨字儿仨字儿地聊了会儿天。不是我故意忽略白松涛的嘱咐，这是因为老爷子主动拉着我说话，我也不知道为什么。我从小就招老人喜欢，老头儿老太太都爱拉着我说话，作为代价，我不招同龄人待见。鬼才想要这个天赋呢！真让人头疼。眼看太阳压山了，再不走就到饭口了，我起身告辞，老爷子慢悠悠地送出来，对我说："再来。"说罢一抬手，回去看鸟了。黑子扑腾起来，穿过走廊，飞到白松涛肩膀上，开口道："有空常来！"我大惊，以为见鬼，跌跌撞撞地跑了。

关于我最后失态地跑掉，原因是这样的。我对鸟并不是完全无知的，我小时候，爷爷就养过很多鸟，其中当然也有鹩哥，所以我认得鹩哥。鹩哥学说话，比想象中要难得多，而且忘性很大，每年都得重新教，一年恨不能忘一半儿。更重要的是，鹩哥是能学会说话，但学不会什么时候说什么话。它要是学会了"你好"，就老说"你好"，不分场合。它不会情景式会话，也记不住前后顺序，或者哪句话自己是不是刚刚说过了。所以当黑子在门口说出"有空常来"的时候，我被其恰到好处的语气语调和正确无误的场合、用语所震惊，以为它是什么冤魂成精了。当时我隐约觉得还有什么不对，但是相比"隐约不对"而言，"明显不对"的东西太多，我一时间把这件事忽略了。

后来白松涛在小区花园儿里见着我，挺不好意思地跟我解释，说他爸爸是个怪人，招待不周多多担待。我说，你快别这么说，好像我多不懂事儿似的，咱老爷子是有什么病吧？白松涛脸蛋子呱嗒就耷拉下来了。我连连摇手说，不不不是那个意思，我是说老爷子说话那个……白松涛抬起手止住我，叹了口气，拽着我在花坛边儿上坐下了。

他说："我爸有癌症。"

我愣了一会儿，没说出话来。白松涛看了看我，接着说：

"我知道你想问我什么癌。舌癌，你听说过吗？"

我摇了摇头，表示真不知道。白松涛讲道：他父亲白泰昆年轻时是个话痨，说话又快又响，会说评书，最擅《扫北》跟《征东》，是当时东城名票①。结果老了老了得这么个病，真是太遭罪了！起先只是舌头根儿长了个口疮。但口疮总是不好，愈演愈烈，一直持续了三个多月，最后吃东西都吃不下去了，一说话就流口水。老太太不干了，叫回白松涛，绑架一般带着白泰昆去医院，才知道是这个病。

确诊以后，白泰昆做过两次小手术，但都没切干净。结果舌头几乎挖了个洞。那时候他还能说整句儿，他告诉儿子，现在就

————————————

① 名票：有名气的票友。票友，即曲艺行的爱好者，没有坐过科。票友的水平不一定比行里的角儿低，但基本功不扎实，又因为没有师承，不能上台面。

跟书里说的砍头出大差一个意思，吃什么都不香了。他这个儿子，跟我也是同病相怜，从小就有一项生理缺陷——我不会笑，白松涛不会哭。不论是号、啕、哭、泣，有声无泪有泪无声，一概不会，打哈欠都不流眼泪。听了白泰昆这句话，白松涛心里五味杂陈，想哭哭不出来，就到外面跪在墙根儿，用脑袋撞墙，砰砰砰。难怪我后来一直觉得他智商不太高。

白松涛说，他当时彻底绝望了。倒不是说这个病有多难治、多贵，而是因为它太折磨人。白泰昆一个那么爱说话的人，偏偏得了个舌癌。得了这个病，不能说话、不能吃饭、不能哭、不能笑、不能喊、不能叫，就连睡觉都不安稳，抽烟喝酒就更别提了。要命的是，从外表看不出他有病。他除了舌头疼，其他地方还属正常。白松涛在绝望的深渊里游蛙泳的时候，白泰昆自己找到了出路。

他喜欢上了鸟。

黑子是他们家的第六只鹩哥。鹩哥寿命很长，身体也还壮实，不容易死。前四只都送人了，因为它们不是脏了口，就是不开口说话。第五只调理得很好，会说不少话，口儿也周正，可惜在外面溜达，被人抱走了。身为一只鸟，竟然被人抱走，太可耻了不是吗？白泰昆自己也很生气，决心不再让自己的鸟长那么胖，可惜又一次失败了。黑子来了之后，胡吃海塞，一天就三件事：吃、睡、长。白泰昆一怒之下，加大了说话训练的力度，在坑苦了全家人好几年之后，终于练出了一只神鸟。

白泰昆这只鹩哥，不但口齿清楚，学习能力强，而且能够分辨场合和对象，非常机灵。冯骥才《死鸟》所载若是真事，一定是发生在黑子的同宗前辈身上。更不得了的是，这只鸟记性还好，它不但过耳不忘，而且还能记清楚顺序。白松涛问我，你见过鹩哥会背唐诗吗？我说没见过。他说，鹩哥不是学不会唐诗，而是记不住诗句的顺序和组合，所以怎么教都是一句句地蹦出来。能按顺序连着说话的鸟，你见过吗？我说这我倒见过，以前公司楼下有个公交车总站，司机师傅养了一只，能说这个："东直门内东直门，东内小街北新桥。交道口，小经厂，宝钞胡同鼓楼南。"白松涛说这个差远了，我们家那个会背全本儿的报菜名。看我舌头伸出来老长回不去了，他哈哈大笑道："傻×，这你也信？"过了一会儿，可能我健康的舌头触动了他的心思，又不说话了。

八月节，我提了月饼去看白泰昆。老人家正在用砂纸磨一个鸟笼钩，见我来了，一挥手也不说话，继续工作。黑子扑棱棱地飞出来，落在我面前，开言道："带啥东西？"我吓了个半死，月饼啪嚓掉地上摔散了。白松涛的妈妈不知道从哪里跑出来，大声招呼着："没事没事放着别管！艾玛 ① 这个死鸟。瞎说什么！"说着"啪"地给了黑子一巴掌。我说你们这鸟是要成精啊！咋还会说带啥东西？白泰昆咳嗽一声，转过身来说："新学的，最近多。"白松涛翻译道："最近客人多，都带东西，新教的这句，所以它老说。"我半信半疑。

我发现屋子里的鸟少了很多。我问白泰昆怎么回事。不知道什么原因，我跟他说话，老想大声喊，可他又不是耳癌。有这癌吗？白泰昆摘下眼镜搁在一边儿，摇摇头。"天凉，送人。"他说，"太多，养不活。"他的底气没有以前足了。我觉得一两个月没见他瘦了好多。白泰昆拿出一盒烟问我，抽吗？我转头看了看白松涛跟他妈，俩人使劲摆手。我说不会。白泰昆递给我一根，回头冲着妻子说：别起哄。

我俩抽了一会儿烟，没说话。一颗烟抽完，白泰昆捻了烟头，站起来，送客的意思。末了他说："你知道，最惨，吗？"我想了想，大概意思是"你知道最惨的是什么事吗"之类的。我摇摇头。

"最惨，北京人，呃——呃——算球。"白泰昆说完，一挥手，回屋去了。这时候，黑子蹦过来，说了一大串：

———————
① 艾玛：大概为东北一带某种感叹词。

"进了门儿，倒杯水儿，喝两口儿，顺顺气儿！"

我看着白泰昆的背影，琢磨不明白那句话什么意思，不耐烦地一挥手说："滚蛋！"黑子飞起来落在电视上，回嘴道："滚蛋，滚蛋！"

送我出来的时候白松涛情绪很低落。他埋怨我不应该跟老爷子抽烟。"抽完烟有痰，他舌头不好，吐不出痰来。"我想了想，好像确实如此，顿时觉得十分过意不去。他拍了拍我说，没事，算了吧。我一听"算了吧"，想起白泰昆最后那几句话来。我问是什么意思，白松涛笑了笑："他的意思是说，作为一个北京人，这下不能说儿化音了。"

回去的路上，我一直觉得有什么地方没想通。快到家我终于想明白了。我把那段时间的事情串在一起一想，忽然觉得黑子就是白泰昆的嘴。白泰昆生病之后就开始不停地训练鹩哥，最后终于训成精了一个，目的就是能有张嘴，等自己有一天说不了话了，好替自己传话。奇怪的是，如果他自己不能说儿化音，他是怎么训练鹩哥说出儿化音绕口令的？然后我自问自答道，这能用录音吗？应该能吧！想来想去，觉得自己是个傻×，默默地回家了。

那年年底，白松涛来我们家敲门，进门就跪下磕一头，把我媳妇吓得差点儿报警。我把他搀起来问："老爷子？"他不会哭，只能撇着嘴点点头。磕丧头的时候不哭，真是太奇怪了。我都快哭了。我拉他进门儿，给倒了杯水儿，让他喝了两口儿，顺顺气儿。然后我问，什么时候没的？答说头天夜里，白天来找你没跟家。我又问，怎么没的，转移了？他摇摇头说，自杀了。

这件事起初给我的震动非常大，因为我觉得他那么硬朗的一个老爷子，怎么可能自杀呢。白松涛讲了事情的经过，我才知道实际上那也算不上自杀。这件事情是这样的。头天晚上，白松涛的妈妈接到一个电话，让去社区老年人活动站领什么表。这老太太十年来对白泰昆实施了24小时严密监控，寸步不离左右，上厕所、洗澡都必须让开着门。白泰昆一开始抗议："着凉！感冒！"老太太答："活他妈该，忍着！"白泰昆敢怒而不能言，只好开着门上厕所和洗澡了。所以，老太太并不想去，就说明儿个再说吧。电话那头十分坚持，说过了今儿就不能领了，事关重大，还是领吧，好像与医保有关。白天打过电话，你们家没人接。老太太心想，可能是开门做生意那几个小时，白泰昆生病以后从来不接电话。老头子看病要花钱，医保的事情还是得去。

结果，出事了。等老太太回来，就看见黑子满屋乱飞，拿脑袋撞厕所门，然后又飞走，叼过来铁丝、烟、眼镜、鸟笼钩等一切叨得动的东西，往厕所门上扔。老太太心道我×不好！飞奔过去一开门，已经晚了，白泰昆倒在一大摊血里，已经不动了。他右手拿着一块剃须刀片，左手捏着一片舌头。

老太太一开始慌了神，大哭起来，惊动了街坊。街坊婶子大娘来了，她才有了点儿主心骨。打电话的打电话，叫人的叫人，不一会儿，白松涛和救护车都来了。老太太临走多了个心眼儿，把黑子关起来了。要不黑子准得撞墙死了。

到了儿，白泰昆也没抢救过来。老太太照民间习俗哭天抢地一番。丈夫的夫没了，算是家里的头儿没了，夫字无头，便成了天，只好哭天。哭的时候台词一般是"你怎么这么狠心哪""你这是为什么啊"一类。这么一哭，白松涛才醒过寐来，心想老爷子为什么要这么干？回家以后，白松涛到处翻找，想找到遗言遗书一类的东西，未果。最后他看见了笼子里关着的黑子，把它放出来，托在手上，问：

"黑子，你知道咱爸，这是为什么吗？"

他说这句话的时候，隐约觉得自己有点儿要哭，但是最后就跟一个憋回去的喷嚏一样，还是没哭出来。

黑子沉默了半天，张开嘴，翘起舌头，说：

"他妈的，烦。"

白松涛哇的一声就哭了。

白泰昆这种心情，我虽然无法感同身受，但是大概可以理解。我大概是缺乏维生素 B 什么的，经常长口疮。口疮起的时候长了，我就会产生这么一种感觉：×，真他妈烦，割了算了！当然，你不被它困扰到生不如死的程度，是不会下这种决心的。因为你知道你有很大可能性会死，如果你这么做了的话。你肯定在想，他妈的，烦死了，割了算了！一刀下去，死就死了，不死再说不死的！是吧，黑子？

守灵的时候，白松涛拉着我，扭扭捏捏地说："你这阵子能……多来看看我妈吗？"我愣了愣说，能倒是能，可是为什么啊？我这么问是因为白松涛有很多朋友，我跟他并不是特别铁的哥们儿。白松涛说，因为我的哥们儿里，只有你跟我爸聊得来。我心里一阵眩晕。自从考上了法律系，我就对身边的人的逻辑水平产生了深深的怀疑。这都什么逻辑啊！我跟你爸聊得来为什么要来看你妈啊？当时我就是这么想的。但是后来我懂了。

白松涛的要求挺简单，我不用跟响马上寿似的大包小包吹吹打打上门看他妈来，有更方便的办法——他们家不是卖大饼切面吗？多来买几趟就行，每回顺便聊聊天。我就这么办了。有一回礼拜天下午，春日里阳光正好，风和日丽。没什么生意。白松涛的妈妈坐在躺椅上抽着烟，黑子就在附近的地上慢悠悠地溜达，远看跟大黑鸡差不多。看我来了，大妈掐了烟站起来，热情地跟我打招呼。我说，您还抽烟哪？大妈说，一直都抽，后来老头子病了，为了不引得他烟瘾上来，我也只好不抽了。我要了一斤切面，蹲着跟大妈一起抽了两颗烟。黑子跳上桌子对我说：

"缺斤短两！缺斤短两！"

大妈霍地站起，张牙舞爪地道："滚你妈蛋！"黑子落荒而逃。大妈又气呼呼地坐下了。

"你知道这个东西什么意思吗？"她说，"老头子教它说'童叟无欺，绝不缺斤短两'。'童叟无欺'死活学不会。'绝不缺斤短两'……你没发现它只会四个字四个字地说吗？"

"这句您还是赶紧让它忘了好。"我表示理解。

"不价。"大妈说，"忘了干吗？它会说的所有话，我都爱听。

敢忘一句，看我不撅折它一条腿！"

说完，她眯起眼睛，看着黑子。黑子太肥了，走着走着，从桌子角掉了下来，扑通一声摔得半天动弹不得。你还有鸟的尊严吗？我心里默默笑道。忽然我好像又想起一件事来。就是之前我觉得"隐约不对"的那件事。那是我第一次来拜访白泰昆的时候，黑子对我说了几句话，我落荒而逃，觉得有什么不对却说不出来。此刻我才注意到，这鸟说话时，一律是哈尔滨口音！我问大妈，这鸟说话都是您教的吧？大妈点点头，又摇摇头。

"非要较真儿的话，"她说，"算是老头子教，我帮忙。我俩一块儿教的。"

两人每次教黑子说话，都单有一屋。门窗关好，上锁，关大灯开台灯。黑子如临大敌，缩在墙角。白泰昆有一块小黑板，他写，大妈念，就这样一起教。所以黑子学了一嘴东北话。我要是会笑的话，想到此处一定会哈哈哈地大笑起来。可是我天生就不会笑，就像白松涛不会哭一样。后来白松涛会哭了，我还是不会笑。

有一天，我在网上看到一个视频。主角是一个外国老太太，也不知道哪国的，天天到同一个地铁站去坐着，也不上车。后来保安问：您有什么事儿吗？老太太说：你听。两人侧耳倾听，列车开门时，一个低沉的男声说："小心脚下。"老太太说，这是我先生，他已经去世很多年了。可惜很快地铁就把那个声音换掉了。我还听过另一个故事，说一个女孩死了姐姐，她常年给姐姐的办公室打电话，就是为了听听"请在 Beep 声之后留言"那句话。我想，白泰昆死后，那只被涂黑了嘴和爪子的鹩哥可能就成了其遗孀追思他的唯一媒介。可是，它说话的语调又是大妈自己教的。只要她乐意，可以继续教黑子说下去。可是，她为什么要这么干呢？白泰昆死后，黑子再也没学过新的话，但也没有忘记以前学过的东西。

我问大妈，黑子有没有哪句话是老爷子亲口教的，刚得病的时候不是还能说话呢吗？大妈想了想说，没有，从一开始就是我们俩一起教，他自己口齿不清，怕脏口。我点点头，站起来说，我先回去了。大妈若有所思，看着黑子不说话，也不送我。我挥挥手，拎着切面下台阶。大妈突然说：

"艾玛，怎么没有，有啊！"她站起来，"有老头子亲口教的！"

我回头问："什么，哪句？"

大妈和黑子异口同声地说：

"他妈的，烦！"

说完，大妈朗声大笑起来，声震屋瓦。她又点了颗烟。

注：

关于地铁的故事，我们要补充的是，最后地铁的工作人员帮助老太太找回了先生的录音，进而又把列车（只有那一站）的提示音换成了原来的版本。"小心脚下"。

侠之小者（代后记）

　　我从小爱听评书，最喜欢《雍正剑侠图》，也叫《童林传》。这套书以剑侠客极多著称，什么三十三路名侠、四大名剑、四小名剑、云台四剑、乾坤八剑，不胜枚举。角色一多，难免就有龙套。按照一般说书的方法，龙套就是龙套，说完就得。但是剑侠图这书很特殊，按照北京的说法，每一个龙套几乎都要说一段倒笔书，讲讲他的身世来历。这些小人物的故事并不比童林身上的故事差，很多甚至比主线更精彩。东北有一位张庆升先生，他使这活儿，另有一套方法：他不讲童林，而是讲张方。张方是书里一个小得不能再小的角色，张先生以他作胆，愣是把《童林传》说成了《张方传》。

这个例子说明，只要你愿意去挖掘，再小的角色身上也有故事可听、可讲。这就好比你看一个战争题材的电影，第一个镜头，一个小兵出来，乒！一枪，死了。这时候，镜头可以跨过他的尸体，讲一个波澜壮阔的战争故事；也可以推向他的瞳孔，回到他活着的时候、他年轻的时候、他小的时候，讲他一生的故事。我每次看到电影里有小角色死去，就会不可抑制地这样想。

所以，我花了点儿时间，把我生活过的地方都刮了一遍地皮，再挖地三尺，挖出一些蝼蚁般的小人物来。讲完他们的故事，还不过瘾，就去搜刮朋友们的故事、朋友的朋友的故事。这种故事讲完还是不过瘾，就去咖啡馆、酒吧、包子铺、地铁、机场、商店，一切有人逗留、有人说话的地方，偷听别人讲他们的故事。我去这些地方找故事，手到擒来，从来都是贼不走空。这些故事屡屡让我惊个张口结舌：世上竟有这么多高人，就坐在你触手可及的地方！故事里的人虽不能飞檐走壁、口吐内丹，但他们用自己的天赋、努力和简单或粗暴或愚不可及的办法解决着世上种种不平事。听《雍正剑侠图》的时候我常常想，这是个什么样的世界！差不多是个人就是剑侠客！现在我懂了，世界就是这样的，我们身边充满了活的剑侠客，只是剑侠客不会在腰里别把大刀，写上"我乃剑客""我乃侠客"。他们活着，遇到麻烦，解决问题，管闲事，抱不平，发财，流浪，打架，自杀。能管别人的事时，他们就管。管不了时，他们就管好自己的事。此乃侠之小者。

　　我常常在家门口的一家小酒馆里写作。客人一多我就写不下去，这种时候我就支棱着耳朵听故事，或看表演。听得多了，看得久了，会有一种自己正身处屏幕外的错觉。屏幕里正上演一个细腻的长镜头，演员的台词功底深得吓人，剧本更是神乎其神，每一句台词都无比巧妙而自然。倘若一直看下去，配角就成了主角，长镜头就成了片子。这个世界实际上是一个导演剪辑版，每一个配角都能独立成片，只是被剪掉了很多而已。

　　写这本书的时候，参考了很多读者对我上一本书的评价。主要是差评。我印象比较深的是："还没看完，书就掉到床后头了，勉强给 1 星吧。"有些确实比较难，比方说："这本书看完之后，既没有触动我的灵魂，也没有引发对人生的思考。"失其原文，大意如此。经过反思，我觉得我对触动他人灵魂这件事有点儿力不从心，而对于引发别人对其人生的思考，我倒能尽一些绵薄之力：读者读完这些小人物的小故事之后，多半会认识到自己也像他们一样，在某方面天赋异禀、高人一筹。因为我已经说过多次：我说的这都真事儿。说得多了，连我自己都信了。

2003 年 12 月 31 日于北京

外一篇：田秫秸

田秫秸是一个传奇人物。我在书里说的故事，我都敢说是真事儿，唯独这个田秫秸的事儿我不敢说。首先是因为我并不认识这个人。我认识的几个朋友见过他，等我听了他的故事、心驰神往地想见他的时候，已经见不到了。另外，他的故事听起来不太靠谱，虽然听起来挺带劲，但一听就不像真的。我给别人讲时，常被人说"你听的评书太多了，少听点儿"。即使跟当乡本土的人说起来，也是版本不一，不可信者泰半。

秫秸一词，与"蒜苗"类似，南方和北方的朋友对其所指颇不相同。我老家在北京东郊，地方颇偏远，方言也很重。当地所述之"秫秸"，指的是棒子（即玉米）的茎。而南方多地所说的秫秸实际上是高粱秆儿。在此之上，有一种衍生物，曰"甜秫秸"，在我们这里，指的是一种奇妙的食品：高粱或玉米身上的一部分

红色的秆儿。撕掉外面的硬皮，里面是短短一截紫红紫红的嫩茎，
又滑又脆，甘甜爽口。据说，南方的一些地方，"甜秫秸"指的则
是甘蔗。这点我没有考证。但现在要讲的这个田秫秸与甘蔗多少
有关。声称见过田秫秸的人说，他是卖甘蔗的。这很难采信，因
为在我们那个地方，甘蔗不是主要作物，很难支撑其营生。

　　所有版本的故事中，共同点之一是：田秫秸是个老头儿。老
头儿这个概念很宽泛，但村里不少人都见过他儿子。根据他儿子
的年龄推断，田秫秸应该七十岁左右。据说此人身材瘦小，但腰
杆笔直，胸膛饱满，梳背头，留齐口的胡子，总穿一身蓝布裤褂，
两袖翻白，一团精神足满。是挺像评书里的人，比如一轮明月照
九州苍首白猿侯敬山就颇合适，除了清朝人不留背头这一点之外。
田秫秸是否卖甘蔗，没有切实的证据，但他总是随身带着一截甘
蔗，三尺来长，油光锃亮，不知道用了什么办法让它不腐坏。也
可能是家里有大量的甘蔗，每天换一截，晚上回家就吃了也不一
定。他走在街上，拿那个甘蔗打狗，一时间村中无狗。这听起来
也不太靠谱，因为他身上的事儿没有一件听起来靠谱的。若一件
件追究其真伪，就没法儿聊了。所以先讲讲他所有不靠谱的传说
中相对靠谱的一件，酝酿一下感情。

　　这件事说的是田秫秸年轻的时候。相传当年，田秫秸乃本村
一霸，家资颇丰，少习武，有气力，好游侠。其父早亡，给娘儿

俩留下的大院子相当轩敞，屋宇华美，墙高院深，门外甚至有照壁，正经的大户人家。这样一户人家的儿子，如果娶媳妇，乍一想，排场必是大的。但要是推算一下其年龄，田秾秸结婚时，不是在炼钢，就是在闹自然灾害，酒池肉林的场面简直不可想象，姑且不去管他。据目击者称，当时田家硬是凑了些酒肉糖果，办了几桌。关于这件事，如果缺乏想象，可以想一想《穆斯林的葬礼》中无所不能的姑妈。婚礼是一个奇妙的仪式，它将喜庆、哀伤、仪式感和紧迫感有机地结合在一起，成了一个极容易出差错的特殊载体。田秾秸结婚当天，在婚宴上与本村的哥们儿朋友大喝大笑，大说大笑。席间坐的不是大队干部，就是当村有名的混混儿，再有就是田秾秸不认识的一些人。除了这些人，其他人都紧张得不行，因为这些人是出了名的酷爱惹是生非，且动起手来心黑手狠，没什么是非观。

在他不认识的那些人里，混进来一个邻村儿的流氓，叫四青。估计当时那个运动"四清"还没开始，这个名字真是充满了智慧和预见性。四青在自己的村儿里经常惹事，也有一些势力，结果这一次没玩儿好，惹到了不好惹的人头上，被人家带人追得满村子跑。惶急之下，四青越过村界逃到了南边这个村儿，七拐八绕之后，钻进了田家的宅子。里面正在喝喜酒，乱乱哄哄，他一头扎进角落里的一桌，埋头吃喝起来。这件事，田秾秸本人并不知道。要知道了可不得了。

不多时，北村的大哥带人追到这里，说有人瞧见四青跑进这家院了。四青大惊，找个墙角躲起来。田秋秸上前跟来人打了个照面，想问清来意。当然，讲故事的人都会说，当时田秋秸一开始也是客客气气的，后来说翻了才打起来。但是据我对北方农村打架的见识和了解，一般没有客客气气这个过程。根据我的想象，田秋秸应该是上前就骂了起来。

北村大哥也不客气，说我要找的人在你院里，给我交出来二话没有，我们还要喝你一杯喜酒，之后转身就走。田秋秸说，你要找什么人我不知道，你上你们自己村儿找去，今天是我的好日子，别在我这儿惹事。北村大哥说，这个四青可不是什么好人，欺男霸女顶不是个东西，你犯不着罩着他。田秋秸一笑，说我根本不认识什么四青六青，但是今天进了我这个院儿，就是我的客人，你要找人，等我散了席随便找，现在我劝你坐下喝一杯。三说两说说翻了，北村大哥一抬腿就踹翻了一桌，院里顿时一场大乱。可以想见，在那个年月，很多人都是多少个月没见过油星儿的，这一桌子肉被踹了，能乐意吗？加上席间又是本村的小青年儿居多，一时间吵吵起来。田秋秸看了看地上的菜，忍了三忍，让了三让，说："今天办喜事，不动刀枪，你给我出去，回头咱俩再说，我也跑不了，你也别想跑，这事儿没完。你要找人，你就到门口等着吧，酒你也甭喝了！"北村大哥当然不让，说："我要找的人肯定就在院儿里，你不给我人，就是跟我姓郭的过不去，你出来!"田秋秸说，我要是出来，这事儿可不好收拾，真不能等我喝完酒？姓郭的大哥哼了两声说，你喝完酒，你就进门睡你媳妇了!

田秋秸忍无可忍，点头道："你出去等着，我今天让你留下点儿什么再走。"说罢转身进堂屋，俄顷出来，手提一截甘蔗，当先出了院门。他的狐朋狗友刚要跟出来，田秋秸大喊一声："谁也别出来，给我关门!"小青年儿们立即不动了，有识相地关上了门，把姓郭的大哥跟田秋秸一同关在了门外。少时听得一声惨号，一阵乱糟糟的叫骂，不久渐渐息了。众人打开门，田秋秸正好进来了，衣着整洁，头发一丝不乱，把甘蔗一挥道："对不住大伙儿，接着喝!"有好事的探头出去一看，外面一摊血，别无一物，不知其详。

这件事既然是坊间传说，当然有多个视角可以追溯。田家对门有个大婶，目睹了事情的全过程。这个"大婶"该是田秋秸叫的，要搁我，估计得叫太奶奶什么的。太奶奶的描述是这样的：姓郭的大哥跟出来以后，指着田秋秸的鼻子骂街，越说越难听。这种手段我见得很多，这是意图激怒对方，好让对方先动手，这样出了什么大事，也好有个说辞。结果骂了没两声，田秋秸猛一抬手，老太太眼花什么没瞧见，就听郭大哥惨叫起来，后面几个跟班儿的有的退出去老远，有的跟着惨叫，有的当场就吓哭了。

最后一个胆儿大的弯腰从地上捡起一个手指头，拿衣裳角包着，搀着大哥踉踉跄跄地跑了。

这个故事是标准的农村饭后小段儿，里面有很多不合逻辑的地方。但农村的事情就是这样，它就像一个 web2.0 社区，每一个口授者都创造内容，大家共同维护着一个庞大的故事架构，把这个故事越说越圆，自己都信了，简直有几分宗教意味，后果就是这些故事都没头没尾。比方说这件事里，没有人讲过后来北村大哥断手指头这件事是怎样收场的，赔钱没有，判刑没有，四青抓着没有。当然，这也是因为后来田家落得太惨，没人顾得上追究了。但是，村民传这种段子的时候，更多的是想要探讨其中的社会学命题——他们喜欢凡事争个对错，非黑即白，非善即恶。为此，村里产生了两派观点。一派认为，姓郭的在人家的好日子上门踹桌子，不管你有什么理由也是活该找倒霉。另一派认为，田秣秸理应先查清院子里有没有四青这个人，因为他没有必要庇护坏人。如果早交出四青，就没有后面的事了。其实，我作为一个自认为擅长讲故事的人，都编不圆这个剧情：田秣秸交了四青，然后呢？姓郭的大哥喝一杯喜酒，随个份子，笑呵呵地走了，然后田秣秸灰头土脸地继续办喜事，这种事我想不出来。实际上，也没人去想。这是因为农村里街谈巷议的另一个特点是，所有的传奇里，不单有传奇的人，更要有传奇的物事。比方说，我们村有关于唢呐的传奇，说某个吹鼓手所吹的唢呐是旧时候宫里头传出来的。也不知道宫里吹不吹唢呐。又比如，某个老太太家里扣月饼的模子是八王千岁用过的，八王千岁路经此处，失了上打昏君下打臣的金锏，情急之下讨了当地民家的月饼模子当金锏，后来该模子受了皇封，可以上打支书下打队长云云。在田秾秸这个传说里，所传最神的自然是那截甘蔗。甘蔗怎么用来断人手指？我想象中的画面是：田秾秸一按电钮，"唰"地射出一道光剑来，喝道：其实，我是你爸爸！当然有比这更容易猜到的版本，很快我们就会讲到了。

　　当地的坊间传奇里，与田秾秸的甘蔗同辉日月的，还有另一件传家宝器。此物乃一把镰刀，由一名妇女所持。这名妇女我认识，姓吴，论着我该叫声大婶。因其力大无穷，村人称"吴大力"。她这把镰刀，迎风断草，切金碎玉，十分可怕。这不是传说，我是亲眼所见——吴大力跟人打架，急了眼，一镰刀切断了铁锹把儿。她这把镰刀，不但锋利无比，而且保养得很好，刀身乌黑，刀刃雪亮，是我见过的唯一没生锈的镰刀。这是真事儿，因为镰刀常常插在土壤里，又接触高粱玉米的汁液，很容易生锈，以至于我小时候一直觉得镰刀是出厂时故意做成红黑红黑的。可惜这把品相上佳的镰刀缺了个尖儿。镰刀没了尖儿，看起来特别像一个压扁的问号，威严顿失，非常可笑。这个尖儿的故事，据说与田秾秸有关。

这事儿一说也有二十几年了，其时我已记事，但这件事我一点儿印象都没有。像这等恐怖的事情，小时候家长自然会尽可能地让你闭目塞听。等长大了再听说这事儿就会觉得，其实并没有什么恐怖，但同时又产生了新的问题：是非观受到了冲击。说实话，我到现在都还没搞清楚前面那件事里孰是孰非，更别提这个了。这是八十年代初的事，田家大宅早就拆了，据说是受到那位郭姓大哥的势力影响，跟四青也有些关系。此处的四青指的是人还是运动，我就不懂了。总之，田秝秸搬到了街对过儿一处小得多的房子里，原先的院子成了卫生站。有人说田秝秸有十年左右没露面，七六年以后才回来。根据之前他的背景分析，这比较可信。还有人说，田秝秸的媳妇在他出门期间跑了。这不太可信，因为他们有个儿子，名叫田跃进。从名字来看，应是在田秝秸离家前就出生了，而等他回来时，老母早已驾鹤，倘若是媳妇跑了，必定带着田跃进一块儿跑，但田跃进一直就在村里长大成人，及至田秝秸回来时，已长成半截铁塔似的，颇可以演一段尉迟宝林单鞭认黑袍了。所以更大的可能性是，田秝秸的媳妇死了。那十几年的事情，谁还说得清呢。这个田跃进傻大黑粗，缺半根儿筋，村里人都叫他田傻子，其实他并不真傻。关于田傻子是否真傻，有一个证据：后来他打伤了人，被判了刑，要是真傻就不会判了。这是后话。

这个吴大力的是非观很成问题。其实说起来整个南菜园村的是非观都有点儿问题。前几年有一回，村南口路过一辆大卡车，上载野狗数十条，嗷嗷不绝，正要通过时，忽然被一伙儿村民拦住，非要人家把狗都放了不可。这车是不是狗肉馆的，不得而知。这不是是非观问题。问题是，这群村民拦下来之后，把狗都放了，但并没有各人领养一条，而是放归山野，让其自寻生路去了。一时间，村头村尾充满了各种各样的野狗，老人小孩不敢出门，这都是他们自己惹的祸。好在北村有一个兽医，擅养狗，驯养野狗数十条，这场风波最后还是由他出场解决了。这事儿与吴大力无关，以后再说。现在应该说说吴大力和田秫秸的事了。

吴大力是该村的妇女之友。她并不擅长表达沟通，但确是古道热肠，乐于助人，尤其爱帮助长妇少女。要是有女人受了男人欺负，让她知道了，准要发生惨剧。她打起架来势如疯虎，兼且招沉力猛，罕逢对手，还有一手绝技：对手倘若被她擒住，张开两臂一把抱住，便似铁箍一般越勒越紧，直勒得人全身骨头节嘎巴嘎巴作响，大哭求饶作罢。可惜后来她丢了条胳膊，这招用不了了，很难说这是好事还是坏事。有一回她蹲在路边筛麸子，一位少妇在一旁一边筛一边抹眼泪，抹了一脸麸子皮儿。吴大力一问，原来是该少妇怀疑自己的男人在外面有了事，因为他总是半夜才回家，而且老往卫生站跑，估计野花野草是卫生站的小姑娘。吴大力大怒，丢下筐篓，先去这女的家里的地头找那汉子，没找着。她又去卫生站。这天是礼拜天，卫生站大铁门紧锁，只开其上一扇小窗。吴大力上前砸门，咣咣咣。半晌，出来个老头问啥事。吴大力说，叫你们这里头的小狐狸精都给我出来！老头认得她，知道她性格憨直，大礼拜天的不愿惹事，糊弄了两句，关上小铁窗不说话了。吴大力凿了一会儿，上来了邪火，从后腰抽出那把镰刀，照着铁门咔咔咔就是几刀。镰刀戳在铁门上，如裂败革，发出的声音一点儿都不像金属相击。戳个洞，顺势一拉，就是个大口子。戳着戳着，突然福至心灵，发现可以用镰刀顺着两扇铁门之间的缝隙削门闩。门闩是个铁棍，二指粗，以其镰刀之利，只要找对方位角度，想必不是什么问题。恰在此时，街对过的田秫秸出来了。

这时候的田秫秸已经是个半大老头儿了。农村的老人一旦老起来，老得很快，势不可当，尤其是身上有故事的老人，大多五十来岁看上去就跟七十差不多。田秫秸所不同者，不弓腰，不驼背，昂首挺胸，说话底气十足，只是头发胡子都白了。他提着甘蔗站在吴大力身后，先是咳嗽了几声，又喊了两句，吴大力都没听见。这些都是目击证人的证词，因为在村里，没有什么事是没有目击证人的。目击证人永远是在有事情发生时全自动聚集起来，评头论足。目击证人还说，吴大力一直在大骂村街，其嗓门之大，花样之繁多，一般人看来绝对瞠目结舌，只是村里人早已习惯了而已，因为这些花样繁多的村街都是一辈传一辈传下来的。田秫秸叫了半天叫不住这悍妇，也上来了脾气，抬手拍了一下吴大力的肩膀。吴大力比他高不少，转过身来，低头找人，只见一个小老头身穿蓝布裤褂，须发皆白，手持半截甘蔗，迎风而立，正企图对她进行批评教育。

田秋秸批评教育的内容大致是这样的："你有什么深仇大恨，非得要劈人家的门？这可是公家的门。而且你现在劈的这个门，过去是我们家的，我看着不好受，别劈了行不？再说，这个卫生站里的小姑娘都是好人，我儿子常去看病，我是知道的，你不能叫人家小妖精。"诸如此类。吴大力起初还听两耳朵，听着听着就急了，怒道："你知道个屁！这里头的小妖精勾搭人家爷们儿，不是好东西，我劈死她！"田秋秸问："你说的是谁？"吴大力说："不知道！出来一个我劈一个。"两人一来二去，火越拱越高，最后吴大力发了蛮，挥起镰刀大叫道："你给我起开！老娘先废了你。"见田秋秸并无退色，吴大力把牙一咬，把心一横，当头就是一镰刀。

关于吴大力的是非观，我们需要补充一点。她的出发点一般都是好的，但头脑太过简单，不懂得调查研究。你有一诉，人有一讼，此乃常识，怎么能不让人家说话呢？何况你根本没弄清楚对方是谁，就劈公家的门，完全可以根据我国《刑法》第二七五条之规定将你拿下。以上才是正确的批评教育的方式，而田秋秸的批评教育方式跟打架没什么区别，以至于动起手来。好在交手只有一合，没酿成什么恶果就结束了。

目击证人称，当时并没有看见田秌秸怎样躲闪，也没有举起甘蔗招架。甘蔗能招架吗！真是废话。可是，吴大力的镰刀没有下来，就听噌的一声，金铁交鸣，一个东西响着哨儿飞了出去。目击证人四散而逃。

吴大力失了镰刀尖之后，性情大变，不怎么爱管闲事了。她大概认为失去了最重要的东西，整个人都像缩小了一圈似的。她并不知道，她还会失去更多重要的东西。有关吴大力的故事，有机会再讲。现在要讲的是田秌秸的事，他的事情还有很多。假使我单把精力放在讲他儿子的事儿上，应该都可以写一本书，只是卖不出去罢了。讲上一两件，也能侧面填补一下田秌秸形象上的空白。

田秌秸的儿子田跃进的是非观，与吴大力类绝，简直天造地设，可惜并没有在一起。在他看来，世界上只有两类人：好人、坏人。没有"还行"或者"不太坏"的人。遇事则只有"对"与"错"，没有"说不准"或者"看情况"。他与吴大力的另一个共同点是：两人都对特定的一件事十分敏感。吴大力最恨别人伤害妇女，而田跃进则最恨别人伤害孩子。这大概与他自己童年的遭遇相关，但他童年恰逢一个乱糟糟的年代，很多事情的细节没有传下来，他有什么复杂的遭遇，谁也说不上来。

现在，我也有了儿子，对于教育儿子这件事想得很多。要是我儿子跟田跃进一样浑，我说不定会干脆放弃教育，因为我是一个缺乏社会责任感的人，这是不对的，不应该效仿。连我尚且如此，何况一个十几年不在家的田秾秸？而他妻子则不知所终，是以田跃进幼年接受了什么样的教育，殊为难料。我要是他爹，我会告诉他：

1. 别管闲事；
2. 别人欺负你，能跑就跑；
3. 动起手来，别把人打坏了。

这种事显然没有人强调过。有一年夏天，田跃进身穿背心裤衩，在村子南口的路边儿玩耍。一个成年人在马路边儿能玩耍哪些，我实在不知道。这个路口就是前面所说拦路救狗的地方，也很不一般，因为是连通附近四五个村的必经之地，十分繁华，出的事情也多。田跃进专心致志地玩着玩着，突然被一阵小孩哭声打断，举目一看，一个汉子拎着一个六七岁的小女孩的衣领，大步前行，嘴里兀自念念叨叨。小女孩越哭越响，手舞足蹈，连踢带打，嘴里含混不清，似乎在喊"找妈妈、找妈妈"。也可能只是"呜哇哇"之类的。田跃进见状，怒从心头起，恶向胆边生，从道边捡起一块砖，噜地跳到道间挡住去路。"嘿！"他喝道，"你是什么人，放下那孩子！"来人一愣，倒挺听话，把孩子往地上一放，一时间不知道说什么。孩子落了地，也不逃走，愣了一会儿之后，反而怯生生地躲到那汉子腿后，露出一只眼睛、半个鼻子、半张小嘴和一个羊角辫儿。按说，如果智商正常的话，此时田跃进应该可以判断出，这人和孩子是认识的，说不定还是父女两人，只是闹了点儿什么别扭，或者父亲管教方法不是很恰当而已。可惜田跃进不是你，也不是我。在他眼里，来的那汉子既然愣住了，显然是被问到了软肋无法回答，这叫做贼心虚，合当拿下！说时迟，那时快，田跃进迈上一步，左手一晃面门，右手飞起一砖，照那汉子面门打去。与此同时，田秫秸从村口赶来，抱着甘蔗猫下腰一路猛跑。可惜，田秫秸再神，毕竟不是剑侠客，他只是一个卖甘蔗的，不会飞，也不会口吐内丹杀人于千里，更不会杀自己的儿子去救别人。

田跃进力大，仅次于吴大力，四邻皆知。这一砖头下去，后果可想而知。我们站在受害者的角度想一想，当时的场面真是既恐怖又诡异——我女儿淘气惹祸，我带回家管教，路上从道边蹿出来一个壮汉，嘿了一声，抬手就给我一砖，后头的事情我就不知道了，这叫什么事！简直胡闹。倒霉的是，这汉子正面挨了一砖，往后倒时，后脑勺又枕了一砖。这种事情，如果有人足够闲的话可以试一试：地上放个枕头，瞄上五分钟准，然后向后倒下，试试能不能正好枕在枕头上。这人真是太倒霉了，无法可想。

这种事的处理流程是这样的。首先，大队会出面调解。按法律法规规定，是否应该由这个机构调解，我也说不清楚，总之该村的大队调解起来很有一手，经常能把骇人听闻的大案要案消于无形。但是这次没成功，因为田秣秸太穷了，除了一院子的甘蔗，什么也赔不起。由于受害者已经瘫了，来谈判的是他的老婆。该老婆说，你要是不赔我钱，我就告你，等我告了你，你除了要坐牢之外，还是得赔我钱，这是何苦呢？田秣秸说，你说得对，可是我没钱，你能不能不告我。受害人的老婆嘿嘿冷笑，说了几句难听的话。田秣秸一怒，拎着半截甘蔗，霍地站起，喘了半天气，终于还是忍住了。

关于田跃进被判了几年，众说纷纭，但我们可以根据其他条件大致推算出来。这个条件是，田跃进后来被假释了。他假释出来到底是好事还是坏事，这个命题太挑战我们的是非观了，因为他出来的当天，就害得他爹蹲了进去。具体是怎样害的，马上就会讲到了。从这个条件我们可以推出，田跃进没有被判故意杀人，刑期也在十年以下，否则他不能被假释。听村里的人讲这件事，总觉得田跃进蹲监坐狱至少有二三十年，这简直违背常识。但是如果不按他们的逻辑讲，这事儿就讲不下去，因为这期间田秣秸还发生了很多很多事，这个时间必定要足够长。

田跃进被抓之后，田秫秸一个人在家，过得十分凄苦，此外还要赔人家的钱，简直一穷二白。一个过去的富农家庭子弟落到这步田地，其清惨可想而知。卖甘蔗能赚几个钱？田秫秸欠了人家一屁股两肋债还不起，只好一直拖着。当地有个习俗，欠债不能过年。转过年春节前，受害人开始来要债。田秫秸实在还不起，只能闭门不出。有一天，讨债的人声势浩大，来了十几个人，其中还有轮椅和担架，场面十分稀奇。不消说，目击证人们又迅速自发地组织了起来，站在门口围观。田秫秸开门出来一看，吓了一跳。只见门口十余人雁别翅排开，当中一辆轮椅，上坐一人，正是那个瘫痪的汉子。旁边两人抬着一副担架，上面躺着一个老人，因为实在太老，是老头还是老太太已经分不出来了。为首一名妇女，声音惨厉，神情激动，说话时挥舞双臂，指天画地，十分可怕。大意是："姓田的，你别想赖账！不是我们家人不讲仁义，你看看我们家这还像个家吗？我爷们儿让你儿子打成个废人，反正也治不好，你不赔钱，也还罢了。现在我婆婆得了癌症，你再不赔钱，没钱治病，活不过这个月！我告诉你姓田的，今天你不给钱，我婆婆就留在你这儿了，不出一个月，你自己乖乖地上我们家赔钱去！要不然老太太死你们家，又是一条人命，你自己看着办！"说完，就如配合该妇女的台词一般，担架上的老人突然侧过身来，探头伸颈，"哇"地吐了一口鲜血，土地上立刻开了一朵鲜花。所谓"舌灿莲花"是不是就说的这手？这伙人说完，撩下几句狠话，推着轮椅走了，当真把担架搁在田家门口的花围子上了。

老太太在田家住了一个星期。田秕秸也很有绝的，据街坊大婶说，他给人家老太太做的饭，猪狗都不爱吃。"那能叫饭吗？"大婶说，"他把棒子面儿跟白面用水和了，捏成球，上锅蒸了，四个一盘端给老太太吃，说是四喜丸子！"街坊们听了，不但不生气，还哈哈大笑起来。老太太要喝水时，田秕秸说："没有！"然后递过一瓶白酒。如此这般，一周之后老太太竟然还挺得住，只是再没有能吐出莲花来，事情陷入了僵局。后来田秕秸提着甘蔗出门去，天黑才回来。他嘴上含着一个学校运动会用的那种哨子，开门进院，嘟嘟一吹，后头跟进来四条威风凛凛的大狗。看这几条狗，精神足满，二目放光，每条狗脖子上都系着一条黑色的小三角巾，上书一个"周"字，整整齐齐。狗子们进了院，围着老太太的屋坐好。田秕秸一吹哨，狗们就"嗷嗷"地叫了起来，叫得节奏整齐，层次分明，像一首失败的复调协奏曲。叫了一会儿，街坊们都受不了了，赶来一探究竟。又过了一阵子，老太太终于也受不了了，开门一看，吓得扑腾通就坐在了地上。田秕秸躲在自己屋里，把哨子连连吹响。狗们冲进屋去围定老太太，嘴贴耳朵继续叫起来。老太太大叫："烦死啦！"拔腿就跑，再也没有回来。田秕秸别无长物，每条狗奖励了一枚"四喜丸子"，把哨子别在为首的一条狗的脖子里，拍拍它的屁股说："回去吧！"狗们就叼着丸子走了。

　　田秌秸这个招儿算不上什么奇招儿。这招儿是北村的一个兽医给出的主意。田秌秸在这个村里只有两个朋友，一个是兽医，一个是画家。那个画家不是本村人，极为邋遢，租的房子连玻璃都没有，睡觉就在超市运蔬菜水果用的板条箱残骸上。两人在澡堂子里认识，因为"凑合过"这一世界观非常吻合，一见如故。这位画家实际上非常有钱，只是不乐意花钱而已。他倒不是舍不得花，而是觉得什么事都能凑合，都能对付，不需要额外花钱。该花钱的时候，绝不吝啬，后来甚至替田秌秸垫了赔款。这钱给得相当痛快。田秌秸洗澡时，愁眉苦脸地念叨了两句这事儿，该画家大笑，说这算啥事，交给我了！颇有"指一困相赠"之感，其心胸如此。

　　后来有街坊问过田秌秸，为什么对那个老太太一点怜悯之心都没有，万一真是癌症呢？田秌秸摇头说不可能。街坊说，不是都吐血了吗？田秌秸说，人血我年轻的时候见得太多了，她吐的那个绝不是人血。街坊愣了一下，散了。因为这句话细想起来太恐怖了。

　　田秌秸怎样再还这个画家的钱，好像就没有人关心了。因为没几年他儿子就假释出来，之后如前所述，同一天他就被抓获归案了。所谓"归案"，大约是指此人身上有案在逃。田秌秸在那一天犯了一件新案，被抓之后，招了很多旧案，可惜这些招认的过程就没有了目击证人，传得七零八落，版本各异，已不可考。

　　田跃进出狱时，田秋秸并没有去接。婶子大娘们的消息比谁都灵通，早就知道了这件事，都跑到田家去劝他，哪怕到村口去接一接啊！田秋秸起初不从，后来可能嫌这群大娘太烦，就勉强同意了。他去接儿子的那个路口，就是发生拦车救狗事件的那个路口，也是田跃进打伤人而进了监狱的那个路口。这么不吉利的地方，不知道他为何还要去接。彼时正值盛夏，四下蝉声连连，道上斑驳树影，没有什么行人。田秋秸提着半截甘蔗，慢悠悠地往路口晃去，似乎不太想去，又似乎很着急。那一段不长的路，不知道对他来说意味着什么。眼看就要到了，恰好田跃进已从东边儿大步走来，也没人陪，也没人等。这本应该是一个安静祥和的下午，这样的父子两人相见，既不会抱头痛哭，也不会相对无语。按照正常的轨迹发展，两人应该互相点一下头，然后肩并肩回家去。路上，田跃进会问：钱赔了吗？田秋秸则会说，别他妈问。结果这一切都没有发生。

　　田秋秸和田跃进两人都即将到达那个宿命的路口时，突然有人发一声喊：来人哪！救命啊！当然这也是村民所传，真正在那个时候所喊，不定是什么含混不清的玩意儿。田秋秸和田跃进从两个不同方向定睛观瞧，但见丁字口的另一个方向，一个胖大的妇女怀抱一物，奔跑如飞。后面也是一位妇女，跑得显然没那么利落，边跑边喊："抢孩子！抢孩子！"这种景象，就算是田跃进这种智商，也应该知道是发生了什么事。霎时间，父子两人的脑袋里肯定闪过了千万个判断。是人贩子抢孩子，还是家庭矛盾？管，还是不管？要管，怎么管？打，还是不打？要打，怎么打？会不会伤着孩子？什么叫假释？假释期间能打人吗？打了人用赔钱吗？还能再找画家朋友借钱吗？凡此种种。但是没有那么多时间让他俩把这些问题一一作答。他们必须当即做出判断。他们也如此做了，并且做出了相同的判断。

　　田跃进在进行了这么多复杂的思考之后，脑袋有点儿不够用，站在当地愣了一会儿，这时候抱孩子的妇女跑得更近了。看见前面有人，似乎想要拐弯，但另一个方向上也有个人。妇女大概也进行了复杂的思考。跑，还是不跑？要跑，往哪边跑？怀里的孩子，扔了还是抱着？我们没有从事过人贩子这个行业，做不出那么多合理的假设，只知道容许她思考的时间并不长。因为等田跃进的大脑恢复工作后，他已经从路边抄起一块奇形怪状的巨石，飞步奔来，看起来是想要她的命。田秋秸见状大惊，脑子里的一百个一万个问题，瞬间只剩下了一个：假释！当下更不及多想，倒提甘蔗飞去，其疾如风，其迅如雷。此处若有一个航拍的景别，可见父子两人的行进路线成直角交会，一提甘蔗，一擎巨石，谁能先到是很难说的。堪堪到处，田秋秸猛地一纵，左手拇指一舔甘蔗节，右手到处，一道白虹射出。田秋秸落在地上，拇指一顺，还刀入鞘，又变成了一截黝黑发亮的甘蔗。

　　有人说，田秫秸这一刀其实凶险异常，因为他很可能砍着孩子。就算他手下有准儿，也架不住人贩子狗急跳墙，拿孩子当盾牌。实际上这都是多余的担忧，因为他的速度实在太快了。田跃进赶到切近一看，顿时傻了眼，石头"啪"地掉在了地上。"爹，"他颤巍巍地说道，"你……你……你就说是我砍的！"这种反应速度，对田跃进来说真是福至心灵。可惜没用，附近早已聚集了好些自动出现的目击证人。

　　那截甘蔗后来成了证物，不见了。这个案子要说复杂也挺复杂。要说简单也可以很简单，实操领域这种事情很多，全看证据和辩护。我大学虽然学的是法律，但没好好学，险些没能毕业，所以就不分析了，我看不如留个作业。我们除了能分析已经发生的事，还可以试着分析一下，假设存在平行时空的话，该案情的另外几个可能性。不管怎么分析，田秫秸这人估计一段时间是见不着了。见不着本人，我就没有底气说我讲的这都是真事儿了，所以这次我不说，你们自己看着办吧。

家 庭 作 业

案例分析❶

田某，男，60岁

某日于××村路口，遇见受害人梁某（女，无业，33岁）。梁某从当村居民马某（女，25岁）手中抢走其子（0岁）。马某呼救，田某见状，持管制刀具上前，正面对梁某腹部猛砍一刀，造成开放性伤口、脏器流出，因失血过多，抢救无效死亡。

田某、梁某均为完全刑事责任能力人。田某于事发当日下午前往××村派出所自首。

试分析

a) 田某的行为是否犯罪，构成何罪？所依据的是刑法何条何款之规定？

b) 田某是否有从轻、减轻情节？怎样量刑？

答： a)

b)

田某，男，35岁

因犯故意伤害罪，被判处有期徒刑七年。服刑五年后假释。于出狱当天，在××村路口，遇见受害人梁某（女，无业，33岁）。梁某从当村居民马某（女，25岁）手中抢走其子（0岁）。马某呼救，田某见状，持路边所捡拾之石块，对梁某头部猛击数下，至其颅骨凹陷、开放性颅脑损伤、硬脑膜破裂，当场死亡。

田某、梁某均为完全刑事责任能力人。田某于事发当日下午前往××村派出所自首。

试分析

c) 田某的行为是否犯罪，构成何罪？所依据的是刑法何条何款之规定？

d) 田某是否有从轻、减轻情节？怎样量刑？

答：c)

d)

图书在版编目（CIP）数据

我讲个故事，你可别当真啊/咪叔著 .—— 长沙：湖南文艺出版社，2014.6
ISBN 978-7-5404-6708-1

Ⅰ.①我… Ⅱ.①咪… Ⅲ.①随笔—作品集—中国—当代
Ⅳ.① I267.1

中国版本图书馆 CIP 数据核字 (2014) 第 087431 号

上架建议：文学·小说

我讲个故事，你可别当真啊

作　　者：咪　叔
出 版 人：刘清华
责任编辑：薛　健　刘诗哲
监　　制：蔡明菲　潘　良
策划编辑：董晓磊
特约编辑：温雅卿
装帧设计：棱角视觉
版式设计：李　洁
内文排版：百朗文化
出版发行：湖南文艺出版社
　　　　　（长沙市雨花区东二环一段 508 号　邮编：410014）
网　　址：www.hnwy.net
印　　刷：北京鹏润伟业印刷有限公司
经　　销：新华书店
开　　本：880mm×1270mm　1/32
字　　数：150 千字
印　　张：7
版　　次：2014 年 6 月第 1 版
印　　次：2014 年 6 月第 1 次印刷
书　　号：ISBN 978-7-5404-6708-1
定　　价：32.80 元

（若有质量问题，请致电质量监督电话：010-84409925）